KB263019

내 남자의 사랑법法

황금알 시인선 44

내 남자의 사랑법法

초판인쇄일 | 2011년 4월 19일
초판발행일 | 2011년 4월 30일

지은이 | 이미란
펴낸곳 | 도서출판 황금알
펴낸이 | 金永馥
선정위원 | 마종기 · 유안진 · 이수익
주 간 | 김영탁
디자인실장 | 조경숙
제작진행 | 칼라박스
주 소 | 110-510 서울시 종로구 동숭동 201-14 청기와빌라2차 104호
물류센타(직송 · 반품) | 100-272 서울시 중구 필동2가 124-6 1F
전 화 | 02)2275-9171
팩 스 | 02)2275-9172
이메일 | tibet21@hanmail.net
홈페이지 | http://goldegg21.com
출판등록 | 2003년 03월 26일(제300-2003-230호)

ⓒ2011 이미란 & Gold Egg Publishing Company Printed in Korea

값 8,000원

ISBN 978-89-91601-01-7-03810

내 남자의 사랑법法

이미란 시집

황금알

| 시인의 말 |

오해가 많았던 생이었다.

한 번 가서는 돌아오지 않는 것들의 이름을 부르며 살았다.

시만이 오롯한 내 연인이다.

차 례

1부

1부

당신이라는 고도

풍선의 이빨이 몇 개인지 아세요?
헬륨가스에 부풀은 혓바닥을 보셨나요?

대학로의 소극장에서 당신을 만나기로 한 날
오후 3시의 마로니에 공원에 앉아
구름이 씹다버린 햄버거의 속살을
오후 4시의 벤치에게 내주며
오후 5시의 소나기가 후렴을 부르는
가로수 울타리의 공연장을 돌아
권태의 양탄자가 푹신푹신 깔려있는
지하계단을 내려갔지요

늦게 도착한 휴대폰 속 당신의 변명을 진동으로 바꾸고
불 꺼진 무대 위의 고도를, 오지 않는 당신이라는 고도를,
처음부터 기다림은 없었다고 당당히 독백하는 고도를
흐린 오후의 그림자를 따라온 벤치에게 내주며
이빨이 모두 달아난 풍선의 틀니를 들여다보았지요

무대 위에 함몰된 천정을 뚫고 도착한

사라진 약속의 당신을 기둥과 벽 사이에 던져놓고
고도라는 인생의 귀인과 삐에로를 기다렸지요

거기, 은발의 머리칼을 날리던 오후 6시가
절대자의 중절모를 흔들며 짠, 하고 등장하던

주름진 풍선의 세월을 뚫고 날아간 고도라는 당신
헬륨가스를 삼켜버린 혓바닥이 몇 개인지 아세요?

가방을 버려야 할 시간

바다엔 얼마나 많은 가방들이 떠다니고 있을까

겨울이 아직 끝나지도 않았는데
겨울은 지금이 성수기인데
내 낡은 가방은 너무 숨이 차다
가방을 버리러 갈 때가 되었나보다*

멍든 별의 두께로 쌓여진 비린 가시의 눈물을
장미도 왕자도 아닌 이율배반의 모래사막을
봄날의 아지랑이로 남아있는 푸른 기억의 페이지를
여름의 횡단보도에 묻어둔 길 잃은 사랑의 안부를
손바닥의 상처로 눌러버린 붉은 도장의 날들을

내 가방은 지금 너무 무겁다
난로 옆 가스통처럼 위험하다
만개한 지뢰의 꽃밭이다
복상사의 둥근 탁상시계다

숨어있는 것들은 향기가 없다

식어버린 짬뽕 국물이다
아직은 빈 꽃병의 침묵만 유효한 계절
겨울이라는 모반의 실내악을 듣는 계절

늦게 오는 것들은 슬픈 손잡이와 지퍼가 달려있다
바다엔 젖은 가방이 토해낸 이별의 뗏목만 요란하다

* 전경린 소설 「바다엔 젖은 가방이 떠다닌다」 중에서

눈물의 세헤라자데

밤은 달의 흰 가지에 걸려있어요. 당신은 양탄자 위의
붉은 권태, 죽음의 무도회장을 산책하던 바람의 구두코,
등불의 여백처럼 쌓여갈 검은 페이지죠. 무례한 당신,
그 왕관 좀 벗고 물 한잔만 떠다주실래요? 지금 내게 필
요한 건 당신의 숨겨진 입술로 떠넘겨주는 달콤한 지옥
의 성수지요. 천개의 새끼손가락에 걸쳐진 붉은 침실은
인도양을 찾아 떠난 신드바드의 모험처럼 황홀한 슬픔
에 머리를 감은 대서사시라는 거죠.

어디까지 이야기 했나요?
우린 지금 기나긴 밤의 레이스를 짜는* 중이었지요?
치맛단 속에 부풀은 서랍의 손잡이 좀 닫아주실래요?

달의 눈물이 은하수로 내려요. 천일야화의 창문을 적
시며 지리멸렬한 줄다리기를 손가락질해요. 유성우가
국자처럼 흐르는 밤이면 미처 태어나지 못한 당신의 아
이들이 천개의 푸른 동굴 속에서 꽃잎처럼 얇고 붉은 천
개의 혓바닥으로 태어나요. 천개의 모래바람을 타고 천
개의 사막을 횡단한 내 잠든 이마에 천개의 달콤한 입맞

춤을 새겨놓아요. 소멸과 윤회의 사다리를 끝없이 오르
내리며 어둠의 통로에서 수염을 다듬던 고양이처럼 담
벼락 위를 걸어가는 해의 전설이 되기를 기다려요.

　달의 바구니에 별의 눈물을 받아먹던 당신
　밤의 저자거리에 뿌려둔 해의 붉은 입술과 밥그릇을
　내 청춘의 주름, 당신의 페이지에 잘도 비벼 먹었으니

* 강성은 시인의 '세헤라자데'에서 빌려 옴.

보르네오 섬의 애인들

그녀의 이름은 '나무의 흔적' 종이와 잉크의 대명사다
그녀가 등장하는 드라마는 보르네오 펄프공장이 배경이다
나무의 질에 따라 종이의 질도 달라지고 종이 위에 새겨
지는
글자의 질도 달라지고 글자를 읽는 눈동자의 질도 달라
진다?

보르네오 섬의 밀림에서 나무를 자를 때는
기계톱 위로 날아가는 새의 둥지를 조심할 일이다
단 한 번의 실수로 평생 치유되지 않는 깊은 상처와
저도우림의 오랑우반 같은 불온한 추억의 문신을 등에 지고
열대야의 붉은 운명을 죽을 때까지 가슴에 달고 살아야
한다

그녀를 떠나 간 그의 이름은 '숲의 운전수' 책의 대명사다
굵은 핏줄의 섣부른 지식을 내밀며 누구라도 사랑을 하고
일자무식의 커다란 트랙터의 바퀴를 이리저리 옮겨댄다
하지만 그는 그녀의 마지막 웃음을 쉽게 잊어낼 수 없다
사진 속 그녀의 얇은 눈꺼풀이 그의 책갈피를 넘기고 있다

비가 내리는 날의 보르네오 숲은 고온다습 향기에 젖어
있다
벌목공의 순결한 영혼이 온 몸을 흔들며 울고있는 것이다
무거운 잠들은 언제나 가벼운 잠들의 꿈을 이겨내지 못
하고
늦게 열리는 붉은 오후의 펄프공장은 채 마르지 않은
잠의 일기장을 밤새도록 지키고 있다 화인의 그리움이다

그녀의 얇은 눈꺼풀이 그의 목젖에 스르르 감기는 순간
보르네오 섬의 모든 고백과 비밀은 일제히 기록을 멈추고
세상을 향해 돌아누워 서로의 외롭고 가려운 등을 긁어
준다

안단테 칸타빌레

하늘이 풀리고 입안에 가시가 돋을 무렵
젖몸살 앓는 유두를 깨물며
민들레홀씨의 두드러기로 당도했지

탕, 탕, 탕 주먹으로 세차게 문을 두드리며
나풀거리는 잠옷치마 사이로
종합선물세트의 근황을 찔러놓고 도망치는
바람난 등짝의 계절을 보았지

잘 익은 과육처럼 싱싱한 남서풍의 잇몸이
공중에 뜬 구름의 경계를 먹성 좋게 지워갈 때
날것의 속도로 배달된 속달우편의 인생백서를 펼치면
초여름 갯벌에서 무릎 끓고 잡아 올린
세발낙지의 싱싱한 세월이
안간힘의 소용돌이 속에서 끌려나오지

창문 밖 태양이 가시가 무성한 붉고 긴 혓바닥을
잊었던 중천의 둘레에 날름거릴 무렵이었지

멜로영화를 보았다

그리고 나는 흐린 불빛 속에 드러난 가시연과 붓꽃을 떠올린다. 도시의 먼지 속이거나 지방의 눈밭 속이거나 아무 상관이 없었다. 그것은 긴 여정의 보따리를 풀듯 뚜껑이 없는 선전포고로 와서 맥없는 한순간의 끈을 스르르 풀어버리는 것이다. 의자라는 말로도 달리는 숲이거나 불 켜진 무덤이거나 텍사스를 건너는 나탈리라는 말로도 설명될 수 없었던 안장이 뜨거웠던 말의 엉덩이라면 믿을까? 너와 나만 알던 참새 주둥아리속의 전선줄이라면 믿을까? 치매를 앓듯 때가 되면 잊어버리는 허튼 맹세라도 그때는 좋았다. 그러나 너는 황홀한 이별의 전희도 거부한 채 떠나버렸다. 먼 나라의 무소식 같은 희소식의 눈이 너에게로 가는 동굴의 입구를 메워버린 어느 추운 겨울날의 레지스탕스 게임은 그렇게 끝이 났다. 고갱이 떠나버린 고흐의 창틀이 공중을 뒤덮은 까마귀의 숲으로 우리를 인도할 때까지 그 영화의 살사댄스는 너무 지루했고 윤기가 멈춘 생의 소꿉놀이는 너무 심심했다.

개기일식

푸른 사과 한 알의 고집이
붉은 태양의 목덜미에 박혀있다
천변의 다리 밑을 어슬렁거리던
늙고 병든 개의 울음이
천변 옆 과수원 울타리에 걸려있는
그림자도시를 향해 짖어댄다

한낮의 고속도로를 질쥬하는
거대한 트럭의 잔등에 올라 앉아있던
검은고양이 한 마리가
허공과 허공을 맞잡은 긴장 속에서
머리를 풀고 졸고 있는 전봇대의 이마에
뜨거운 송곳니의 울음을 쏟아낸다

터널 속 환풍구를 향해 돌진하던 바람이
거대한 트럭의 바퀴살에 밀리며
소용돌이의 어둠에 정신없이 빨려든다
잘 바른 생선의 가시처럼
바람의 살점을 남김없이 발라서

어둠의 타르타르소스에 찍어먹은
검은고양이의 앙칼진 울음이
그림자도시의 꼭대기에 걸려있다

늙은 개의 구멍 난 탄식이
천변의 해바라기처럼 피어난 곳에
푸른 사과의 잔해가 꽂혀있다
태양의 목덜미를 뚫고 달아난 화살촉에
달의 중심부가 명중된 것이다

푸른 경례 1

아버지의 개다리소반은 둥근 충성의 세계였다
밥상 위의 푸른 초원을 사랑한 양떼의 발자국처럼
해 저문 아버지의 지평선을 따라가면
붉은 석양의 가르마에 포마드를 발라넘기며
낡은 지포라이터 켜놓은 희미한 불빛 속에서
그 옛날 찬란했던 군인장교의 전성시대에게
늦은 저녁의 성찬을 준비하던 뒷모습이 보인다
개다리소반 위에 놓인 모진 세월 앞에 무릎을 꿇고
언제나 변함없는 차렷 자세의 경례를 바치며
조촐한 의식의 충성을 한 그릇 떠먹여준 후에야
가지런히 수저를 놓고 돌아서던 그 모습이 보인다

　개다리소반의 휘어진 말년으로 남아있는 당신, 먼저
당도한 개미떼가 훑고 지나간 풀밭 위의 찬합 사이에 세
워놓은 삼천리표 자전거로 기억되는 당신, 숨은그림찾
기 신문을 들추고 평상 위의 꽃무늬 접시까지 몽땅 뜯어
먹고 사라진 양상군자의 커다란 발자국으로 찍혀있는
당신, 몰락한 왕조의 후예가 살고 있는 효령대군 18대손
신리 397번지의 느티나무를 그리워한 당신, 새털구름의

미소를 간직한 간호장교 옛 애인의 볼우물 속으로 홀연
히 사라져버린 당신, 태양의 허기가 질러놓은 붉은 양탄
자의 지름길로 성큼성큼 멀어져 간 당신

　　연병장을 울리는 병사들의 힘찬 구령 소리가
　　지프차에 올라앉은 검은 선글라스 속으로 달려든다
　　나도 그들을 따라 차렷! 경례! 힘차게 외치며
　　떠나버린 유년의 해 저문 푸른 들판 위를 달려간다

푸른 경례 2

뼈다귀 안의 숨은 단물처럼 집안의 모든 음식을 어린
자식들이 죄다 발라먹은 후 먼 길에서 돌아온 아버지의
개다리소반 위에 국그릇 하나 김치그릇 하나 올려놓았을
적에도 한마디 불평도 없이 낡은 수저의 빗살무늬만 바
라보시던 아버지, 어쩌다 운수가 좋은 날이면 휘어진 상
다리 곁 고물카세트의 라디오에서 흘러나오던 고교야구
결승전 중계방송에 먼지 낀 귀를 헹구며 모교인 광주일
고 4번 타자의 만루 홈런으로 역전이 되 버린 전력질주
의 우승컵 속에 다급히 물을 말아 드시며 전광판 숫자 위
에 빛나는 하얀 밥알 같은 환호성으로 멀고 먼 동대문운
동장 하늘을 단숨에 날아올리 그 옛닐의 빛나넌 솔업장
과 모자 위 찬란한 계급장도 함께 말아 삼키시던 아버지

만루 홈런의 속공처럼 날아가 버린 아버지의 시대를
생각해보니 그 시절의 불편했던 추억은 세월의 복개천변
밑에 숨겨진 징검다리의 가위 바이 보 같은 것, 그늘진
시절의 밥상 밑에 놓아둔 한사발의 숭늉 같은 것, 지나간
것들은 초저녁 들판 위에 푸른 그리움의 집을 짓는다.

십년 후

그때도 강물은 살아서 봄날의 바다로 흘러가고

달디 단 구름의 시간을 녹여 만든 하트무늬 뽑기를 성공시킨 적이 있지요. 달고나 장수는 새로운 뽑기를 더 이상 주지 않았어요. 기념이라며 망쳐진 별무늬 뽑기만 두개 주더군요. 힘들게 올라간 봄날의 언덕길을 내려오며 원망과 저주의 말을 허공에 퍼부었지요. 마침 내 곁을 지나던 하늬바람에게 녹음을 시켜 두었는데요. 아직까지도 감감무소식이네요.

저릿저릿한 혈류의 손금을 타고 알약처럼 돋아나는 꿈이 두려워요. 쓸쓸하고 창백한 권태의 헛기침처럼 터져나오는, 고무줄처럼 질긴, 쓸데없이 길기만한 명줄을 잘라 운명의 신께 반납하고 아무도 모르는 무인도로 가서 이 세상 모든 미련과 사나흘쯤 파도타기 하다가 손금 속 해안의 잠금장치를 풀고 동화 속 인어공주의 물거품처럼 사라지고 싶어요.

그때도 봄날은 살아서 낙엽의 바다로 흘러가고

야사록 夜事錄

소풍처럼 왔다가 사라져간 바람처럼 한줄기 문장으로 남겨지기는 싫었어. 해지는 쪽의 풍경을 사랑한 꿈의 마리서사, 전차바퀴에 매달린 흑백필름의 골목과 안개의 무적 속에서 숙녀의 옷자락을 노래하던 그 시대 마지막 로맨티스트 명동백작*의 버버리자락을 따라가던 날부터 온 생을 필사하듯 검은 운명을 필사하기 시작했지.

오늘도 내 책상머리엔 바람의 탁본과 구름의 한자사전을 부유하는 먼 여인의 거문고가 살고 있지. 어둠속 집어등처럼 눈부신 그녀의 손가락이 슬픈 운명의 거문고를 뜯으며 인연이라는 암각의 활자와 고독이라는 호리병의 낱말 사이에서 불면이라는 사내의 옷소매를 살포시 걷어주며 주고받던 문방사우** 놀음을 어찌 잊을 수 있겠어. 그로부터 천년의 시간을 얻은 그녀가 빛바랜 거문고 위의 화톳불***이 되었다는 이야기는 글줄깨나 쓴다는 여인네들은 모두 다 아는 이야기지.

달빛이 제 몸을 풀어 두루마리 연서를 쓰는 밤이면 내 이지러진 머리 위엔 검은 밤의 울타리가 피어나지. 그대

에게 부탁이 하나 있다면 세월의 돌탑 사이에 끼여 있는
백석의 시간을 빼내어 내 슬픈 전생이 따라간 그 겨울의
마리서사, 덕담의 백열등 밑에서 후생을 기약하던 옛사
람들의 탁자에 애증의 김이 서린 돌팔매의 추억 한 접시
날려주렴.

   손톱 위의 하현달처럼 돋아나는 시인들의 나라에서 구
름의 이마를 뚫고 자라난 푸른 그리움이 아친 열시의 서
쪽에서 이글거릴 때 다시 천년의 시간을 얻은 나는 먼
옛날의 은행나무 숲을 떠돌던 한 여인의 거문고로 환생
하리니 난공불락처럼 잘난 세월의 콧잔등을 타고앉아
달콤한 향유의 말로 그대를 이끌어 오랜 기다림의 달빛
을 머리맡에 풀어놓고 문방사우 짙은 재회의 옷소매를
살포시 걷어주며 양귀비꽃처럼 붉은 잇몸으로 온 밤새
운우지락의 정을 나누리니

* '목마와 숙녀'의 시인, 박인환의 애칭.
* 종이(紙), 붓(筆), 먹(墨), 벼루(硯)를 가리킨다.
*** 장작 따위를 한곳으로 모으고 질러놓은 불.

내 몸 안에 세상의 모든 길이 숨어있다

때죽나무 곁 그 길의 시작은 포도청이고 가시나무 곁
그 길의 끝은 변기뚜껑 속이다. 늑골 아래 세 든 저수지
물빛이 흐린 날이면 남서풍의 창문을 읽고 가는 편두통
의 바람은 슬로우 모션의 뒤통수만 보여준다.

타클라마칸의 모래사막을 걸어가는 낙타의 등을 타고
앉아 왕오천축국전의 두루마리 경전을 훔친 적도 있다. 새
는 날아가다 벼랑 보고 놀라고 사람도 가다 길을 잃는 곳*
으로 떠나간 순례의 잠을 기다리던 밤이면 내장 깊숙이 박
혀있는 동굴의 입구엔 별이 뜨지 않았다. 자물쇠가 채워진
척추의 중심을 지나려면 캄캄한 공복의 틈 사이로 정갈한
솜씨의 식칼을 꽂아야했다. 치사량의 위풍당당 장마가 숨
겨진 애인처럼 찾아들면 출처를 알 수 없는 통증이 배꼽을
지나 자궁 벽 깊이 심어놓은 우물의 천정에 페니실린보다
독한 옛사랑의 주사바늘을 흔적도 없이 찔러놓곤 했다.

내 몸이 곧 길이다, 라고 믿기 시작하면서 그 길의 끝
에 다다르기 위한 맑은 강물을 퍼 마시며 시린 모래바람
에 늘어난 달빛의 혓바닥을 등에 지고 잠드는 낙타의 긴
속눈썹을 사랑하게 되었다.

* 혜초의 『왕오천축국전』 중 '서번 가는 사신을 만나' 라는 시의 일부.

검은 식탁
― 백합의 만다라가 피어있는 서울역 광장

백합의 향기가 치명적 오류라면 믿을까? 밀폐된 방안 가득 백합을 피우고 잠들면 몽롱한 안개의 사원 속으로 회양목 울타리처럼 보드라운 발목을 부챗살처럼 펼치고 어둠의 제왕 박쥐처럼 황홀한 축복의 날개로 숨어들 수 있다는데

커피와 연애하던 시절에 청춘의 일기장을 모두 태웠다. 바람의 허밍이 헤쳐 놓은 스웨터의 단추를 채워주며 깊어진 늦가을의 쇄골을 조심스레 어루만지던 온기의 정체는 무엇이었을까?

적혈구의 가족사를 이기지 못한 백혈구의 갱년기가 기차를 타고 떠난 서울역 광장에서 피 묻은 맨발의 수행자를 바라보았다. 마지막 한 잎의 발목은 어느 쪽으로 뉘어질까? 길 건너 쇼윈도에 비친 검은 식탁 위 백합의 눈부신 생이 내세를 엿보는 가부좌 튼 반라의 오후를 흔드는 바람의 만다라가 풍만하다.

검은 식탁

— 아버지가방에들어가시다
그리고이십년의세월이흘러갔다

하얀 대리석 계단을 밟고 떠나간 아버지는
밤하늘 은하수 군단의 중대장이 되셨다

아버지의 낡은 가죽장갑이 닦아 놓은 하늘이
봄부터 가을까지 검은 눈물을 뿌리고
도시의 빌딩을 정전시키던 그날 나는 보았다
날마다 하늘을 떠돌던 아버지의 가방이
그때까지 열린 적 없던 녹슨 지퍼를 열고
검은 세월의 안쪽에 접어놓았던 낙하산을 펴며
어른이 된 갈래머리 계집아이가 살고 있다는
낯선 도시의 지붕을 찾아 헤맨다는 것을

검은 꽃무늬 식탁에 앉아 밥을 먹다말고
추억의 액자에 갇혀버린 아버지를 끌어안았다
허공의 스크린 속엔 아버지의 무릎에 앉아
난생처음으로 보았던 영화 속 일곱 살의 내가
메리포핀스의 유모천사 줄리앤드류스처럼
레이스 모자에 우산을 쓰고 공중을 날아다녔다

아버지의 하늘로 쏘아올린 종이비행기는
바람의 결이 아무리 바뀌어도 소식조차 없더니
창밖 은행나무에 어느새 불시착한 아버지가
무릎을 껴안고 서럽게 울고 있는 나를
가랑잎에 올라앉은 검은 풍뎅이처럼 염탐하시며
"울지 마, 제발 울지 말거라……"
눈물에 젖은 티슈 한 장을 뽑아주신다

허공의 울타리에 심어놓은 은행나무 잔가지가
눈물의 심지를 자꾸만 흔들고 있다

사이
— 나무를 심으려면 숲의 내공을 읽어야한다

바람의 모자를 사기 위해 환승열차를 탔다

구름의 쇠창살에 끼여 있던 머리카락을 잘랐다

밀물의 스카프가 이사도라던컨처럼 춤을 추었다

야윈 목이 가려워 지하도 울타리에 물을 주었다

너는 멀었고 고속도로에서 사진을 찍었다

골목은 풍정을 돌아 선봇대 밑에서 통정을 했다

화랑의 복도엔 데킬라의 무색유령들이 출몰했다

절름발이 이젤이 버스정류장을 발로 탁 찼다

소프라노 택시창문에 자정의 등을 밀어 넣었다

너는 점점 멀었고 네온은 기적처럼 가까웠다

화장이 지워진 울음이 투명한 페이지로 올라왔다

왜 우느냐고 묻자 그때부터 길을 지웠다

스프링노트에 낡은 약속의 문자가 쌓여갔다

달빛의 점자는 울타리마다 검은 잭을 펼쳤다

너는 더욱 더 멀었고 시소처럼 밤이 기울었다

여름의 문신은 덩굴장미의 뒤통수에 새겨졌다

가면을 쓴 정원사들의 숨바꼭질 놀이였다

스와핑도 불사한다는 대자보가 나붙었다

노소를 안 가린다는 흉흉한 소문이 돌았다

담배의 연가

우리나라 사람들이 제일 많이 피우는 담배는
던힐과 에쎄와 마일드세븐이라고 한다
나이가 든 사람들은 던힐을 즐겨 피우고
여자 사람들은 에쎄를 즐겨 피우며
젊은 사람들은 마일드세븐을 즐겨 피운다고 한다

내가 알던 한 여자는 버지니아슬림을 즐겨 피웠다
그녀는 프랑스와 영국을 믹스한 유럽풍으로 생겼는데
경상도 사투리를 잘 쓰고 당당하게 지각을 잘했다
강남의 유명백화점 앞의 대형아파트에 살던 그녀는
변함없는 커트단발에 화장기 없는 수수한 얼굴로
입술만 늘 붉은 립스틱으로 살리고 다니던 여자였다
분위기만큼 묘한 그녀의 시는 모더니즘의 교과서였고
"마, 치아라 내가 쏜다."를 십팔번처럼 뱉곤 했는데
어쩐 일인지 문정숙의 '나는 가야지'에는 약했다
그 노래는 그녀를 알고 처음 간 종강파티 노래방에서
검은 롱드레스를 입고 불렀던 내 첫 번째 곡이었는데
그녀는 내가 부른 그 노래에 취해 뽕, 맛이 가버렸다
그날 이후로 나만 보면 언제나 그 노래를 주문했다

우리들의 스승님이 '오십 구년 왕십리'를 띄우시는 날엔
밖에는 봄비가 내렸고 그런 날은 술맛 또한 달아서
'봄날은 간다.' 택시에 스승님을 배웅하고 돌아선 후에도
우리들의 아쉬운 발길은 늦은 밤거리를 배회하곤 했다
과천의 보디가드 Mr.백은 그런 날 백마를 탄 기사였고
길을 잃은 여인들 때문에 늘 '막차로 떠난 남자'였다
나 역시 인천행 삼화고속 막차에 오르는 날이 많았고
안국동으로 잠실로 인사동으로 다리품을 팔며
맥주거품이 바닥을 칠 때까지 구석진 낭만의 목울대가
고인 강물의 밑바닥을 퍼 올릴 때까지 흘러가곤 했다

지금 내 서랍엔 던힐과 에쎄와 마일드세븐과
그녀가 즐겨 피웠던 버지니아슬림이 함께 동침을 한다
집 앞 편의점 총각은 매일같이 다른 담배를 사가는
수상한 나를 이상한 눈빛으로 바라보곤 하는데
세월이 흐르거나 말거나 '나는 가야지'를 부르며
강물이 흐르거나 말거나 '오십 구년 왕십리'의 봄밤은
우리들이 사랑한 그 길의 안부를 넌지시 물어온다

한편, M은 새벽 3시에 총알택시를 타고 도망을 치고*

몬도가네식의 〈납량특집〉이었지요. 움막처럼 어두운 비는 내리지 않았지만 그날의 도시는, 정글 숲의 비정한 한기를 품은 짐승의 눈빛처럼 형형의 네온간판만 색색하게 빛냈다지요.

간접 키스의 추억은 달콤새콤했고 〈소녀경〉의 접과 겹의 참고문헌에 밑줄을 긋고 넘버 110의 '나는 가야지' 만 연발하던 M은, 흑기사의 유리구두를 막장의 새벽에 집어던지며 변방의 절벽에 냅다 따귀를 올려 붙었다지요.

진실의 〈포스트모던〉은, 5월의 성탄트리 문전에 세워둔 쇼걸이거나 불어난 대출이자를 감당하지 못한 Y가 봉황의 눈을 지닌 여자와 '야반도주'를 했다는 후문을 들려줬지요.

영화감독 C는, 원대한 꿈의 주식을 다량 편집하기 위해 탁상공론의 와인 바에서 카드놀이의 〈킹&왕 짱〉을 뒤집으며 알몸이 드러난 오렌지껍질 사이로 곱실거리는 엄지를 세워 '뻑큐'의 사인만 깜박거렸고요.

밤 10시 55분 통행금지 애인의 알리바이를 위해 물리
학 조교수는, 모든 부정과 긍정의 저울에 물건의 위치를
이동시키며 "여기까지"를 외치며 등장했고 영문을 모르
는 시인 3은 '메트릭스'와 '매트리스'의 차이를 칵테일 하
여 〈오체투지〉의 출판사 이메일로 보냈다지요.

* 이성렬 시인의 '한편, K가 절벽에서 비박하는 사이 도시에서는'에
  붙임.

시인들
— 식신食神을 달래는 방법

그날 나는 경복궁 옆 넓은 강당에서 너를 만났다. 방명록이 잊고 지낸 너의 뒷모습을 본 것도 같다. 국수다발처럼 흰 세월의 손목이 촘촘했던 허기의 슬픈 공복에게 조심스레 왕관을 씌워주는 것도 보았다.

꿈길이 드센 밤이면 새벽녘 대문가에 한 사발의 따뜻한 밥을 내놓고 살며시 수저를 꽂고 돌아서라던 오래 전 내 어머니가 가르쳐주신 그들의 허기를 달래는 방법을 모두들 알고 있는 듯 했다. 겨울의 통로가 베이스로 깔린 의자에 앉아 다가 올 신년계획을 엿듣는 동안 창밖엔 축복처럼 눈이 내리고 장작난로의 뚜껑을 열고 커다란 허공의 쟁반 속에 훔치듯 막 구워낸 허기를 재빨리 쓸어담고 멀어지던 그들의 뒷모습을 뷰파인더의 감겨진 눈길로 바라보곤 했었다.

그날 나는 인사동의 막다른 골목에서 너를 만났다. 짙은 재회의 옷소매를 부여잡고 멍든 내장 속에 쌓여진 묵은 비애를 밤새도록 토악질하며 쉽사리 떠나지 못하는 자들의 등을 어루만져주던 슬픈 대가의 그림자를 만났다.

오래된 국도가 그립다

봄에서 – 여름으로

길을 나서면 길은 많았다

십자로처럼 붉은 사방으로 제 몸의 나사를 열어

구불구불한 내장의 모퉁이에 촘촘히 박혀있던 풍경들은

세월의 풍화작용으로 구부정하게 낡아가는 내 등의 나

침반에

　잠자리 날개옷처럼 얇고 화사한 선물의 방향키를 달아

주곤 했다

　그 길과 길의 이정표 앞에서 나는 매번 길을 헤맸다

　내 생이 지나가는 개기월식처럼 어두운 시대의 교차로는

　언제나 광장과 골목의 두 갈래 입구에서 나눠지고 흩

어졌다

　광장의 잊혀 진 젊음은 골목 안쪽에 세워진 깃발을 늘

조롱했다

　골목의 쓸쓸한 평온은 광장을 향한 대문의 높은 키를

외면했다

　이런 밤 헤드폰 속에서 울려 퍼지는 포티셰드*의

Roads는 깊다

　그들의 전성기로 확장되는 박수소리는 요란한 충성의

배경음일 뿐
　너무도 먼 당도인 몽환의 신작로는 깊은 안도의 한숨
만 안겨준다

여름에서 – 가을로
길을 나서면 길은 많았다
자고나면 모르던 길들이 새순처럼 돋아나기도 했고
　어제까지 빛나던 창들이 낡은 현수막을 접고 사라지기
도 했다
　익숙한 거리의 은행나무는 불도저의 신호등 밑에서 잠
이 들었고
　햇살마저 낡아 건물의 무게를 증발시키던 먼지의 나날들은
　배반의 담벼락에 낙엽의 머리칼을 묻고 사진첩 속으로
낡아갔다
　그 길과 길의 찬란한 연애를 기억하는 이 몇이나 될까
　비포장도로의 숨 막히던 포옹은 흉흉한 소문의 밤안개
로 떠돌고
　녹슨 못처럼 선채로 잠이 드는 우리들과 헐렁한 신발
끈의 아이들은

　메워진 낭만의 벤치에 누워 영웅호걸이 사라진 무협만
화를 읽으며
　김밥 속 단무지에 숨어있는 노란 국화향의 아베마리아
를 부른다
　그럴 즈음 아름다운 남쪽벼랑의 기슭으로 황혼의 국도
가 지나간다
　불타버린 국보 제1호가 길을 막고 우는 아스팔트 위의
저녁이다

* 포티셰드 : 1991년에 결성된 영국 브리스틀 출신의 3인조 트립합
　밴드이다.　그로테스크한 분위기의 독특한 음악성이 돋보이며
　밴드명은 브리스틀 서쪽으로 13km에 있는 마을 이름을 그대로
　따왔다.

하지에 들다

태양의 등고선 밑으로 뜨거운 바람이 불었다
낡은 TV의 오븐 속에서 막 구워낸 지구는
세상에서 가장 고소한 빵처럼 따끈따끈 했다

농담의 생채기가 하늘로 퍼져가는 때였다

밤과 낮을 따로 돌며 비껴간 그리움이
굽은 등과 야윈 정강이를 나란히 펴고 누워
일 년 전 보았던 밤하늘 유성을 찾고 있을 때
바람이 훑고 지나간 잊었던 강물이 몸을 틀었다

감자가 탐스럽게 뭍으로 올라오던 때였다

수건을 깊게 눌러쓴 황토색 들녘이
햇볕에 그을린 이마를 굵은 땀방울로 적실 때
밭이랑 너머 떨어지던 태양의 붉은 국도는
인화된 기다림의 풍경을 싣고 남으로 질주하고
잡초 우거진 이름 없는 무덤가를 맴돌던
새 한 마리 낮고 저린 울음을 허공에 뿌리며

기울어가는 노래로 황혼 속으로 사라졌다

태양의 등고선을 밟은 사망유희의 오솔길
살아생전 그토록 금실 좋던 노부부의 전설은
초저녁 창가의 유성으로 다정히 떨어져 내렸다

내 남자의 사랑법法

돌아누운 그의 등줄기 사이로 마른바람이 분다
그 바람벽에 살을 묻고 울어본 적이 있었던가?
온전한 그림자의 알몸을 그의 등에 비비며
축축한 암술로 돋아나는 회한을 가닥가닥 엮어서
그의 등에 암각 된 성난 슬픔의 뿌리를 토닥이다가
잃어버린 모성의 숲 내 비린 젖무덤 사이에
이 세상 가장 편안한 숨을 내려놓게 해주었던가?

미안한 당신, 이라고 불러본다

내 남자의 등에 접혀진 얼룩무늬의 날개를 본다
나달나달하게 삭은 깊은 뒤란의 날개 속엔
오랜 세월의 먼지 속에서 골라낸 성근 햇빛과
달의 골수로 길러낸 사향노루의 주머니와
첩첩한 소금창고 속 항아리 밑에 묻어둔
그만의 황홀한 비문이 숨어있을 것이다
그 맨홀 속 같은 그리움의 뚜껑을 열고 들어가
별빛을 조명삼아 뒹굴어본 적이 있었던가?

미안했고 미안했던 당신, 이라고 불러본다

밤의 창문이 가로등 불빛을 포개며 돌아눕는다
저만큼 밀려난 등과 젖가슴의 간격이 휑하다
그의 등을 타고 온 마른바람의 숲이
알타미라 동굴벽화의 구석기시대처럼 멀고 먼
야생의 무덤 같은 동굴의 입구를 지키고 서있다
거기 한 사나이의 꿈이 굽은 세월로 박혀있다
전생의 못다 푼 밀렵의 화살을 당기며
동굴 속 벽에 사향노루의 들판을 새겨 놓는다
거꾸로 도는 시계를 따라 해바라기처럼 퍼져가는

내 남자의 등에 매달린 빛나는 암각의 사랑!

오펜바흐*의 엘레지

하늘의 별을 따러 간 두 영혼**이라고?
밀짚모자와 휠체어의 반가운 악수라고?
그 누가 진실의 벽에 대못을 박을 수 있는가
침묵의 저수지 댐에는 종이배를 띄우지 말 것

방황하는 신종플루 허공에 주사바늘을 꽂아 놓고
연옥행 티켓 한 장을 얻기 위해 줄을 선 사람들
지구본을 탈출한 주사위를 굴리는 기차바퀴의 선물이지
레퀴엠의 입술로 달의 중심을 노래하는 퍼즐게임
만월의 둥근 병풍에 기대여 홀로 절을 올리는 술잔이지

엄니, 이번 추석엔 저만 내려가야 할 것 같아요
에미랑 아이들은 앞서 다녀오라고 할게요
느린 달빛이 슬금슬금 들판을 넘어가는 깊은 밤
울타리 밖으로 산책 나온 하늘의 두 영혼이 말씀하시길
올 추석엔 어느 해보다 진한 안부로 우려낸 차롓상과
눈물의 깨소금 앙금으로 꽉 찬 송편을 얻어먹겠네

* 독일 태생의 프랑스 낭만주의 작곡가.
** 오펜바흐가 작곡한 엘레지 '하늘의 두 영혼'을 차용함.

걸어가는 시

지난여름 나는 네가 한 짓을 알고 있다

공원의 화장실에서 손을 씻는데 허공의 거미줄에 걸린 푸른 정맥의 시간이 팔각정 지붕위에 앉은 구름의 옷소매를 낚아채어 햇볕 쨍쨍한 마른하늘에 붉은 날벼락의 힘줄을 새겨 넣는다. 삼분이 채 지나기도 전에 천둥번개 치고 장대비 소란스럽다.

젖은 맨발로 뛰어들며 물먹은 하마가 된 쇼핑백의 내용물을 화장실 타일바닥으로 쏟아내는 여자 거울 속 부러진 나뭇가지에 걸린 흐린 하늘에 손가락질하다가 수세미처럼 엉킨 불안한 머리카락과 벌어진 앞섶에 매달린 비린 과거를 추스르며 비설거지를 하는 여자 흙 묻은 세면대 위로 쌓여가는 그녀의 소중한 살림들 우유병, 딸랑이, 아기신발…… 오래전에 제 빛깔을 버렸을 이 빠진 장미꽃무늬 찻잔세트

장대비 속으로 흘러간 여자의 한 시절이 공원의 화장실에서 그녀만의 세상을 솎아내는 동안 어느덧 비는 그

치고 잊은 듯 칫솔을 꺼내 물고 종이컵 가득 출렁거리는
하얀 거품의 생을 입술에 묻힌 채 거울 속 아련한 내 모
습을 무표정한 얼굴로 바라보는 여자

먹먹한 시선을 거두며 바라본 하늘엔 어둠이 물들어가
는 초저녁 허공 속으로 젖은 날개를 퍼덕이며 날아가는
길 잃은 새의 날갯짓 소리가 처량하다.

이별하는 법

빗줄기가 나뭇잎 사이를 뚫고
제 살이 닿을 곳을 찾아
지상의 품속으로 숨어들 때
나는 보았다
빗방울을 튕기며 황급히 달아나는
흙과 잡초의 일별—別을

헤어지지 않으려 안간힘 쓰며

잡초의 가장자리를 붙잡던
흙의 붉은 팔뚝을

현지에게
— 막차를 타고 떠난 그 겨울의 밑그림

겨울의 잔설이 가로수 마른가지를 적시며 제 속을 다 태우지 못한 서러움을 게워낸다

막차는 끊겼고 너는 오지 않는다

볼품없이 뭉개진 희망이 아스팔트를 뒹구는 흑백필름의 세월 쪽으로 지독했던 악몽의 화살표를 띄우고 있다

불안의 진눈깨비가 어둠을 한 점 두 점 찍어먹으며 인적 없는 길의 덤불속에 깊은 수렁의 덫을 놓는다

너는 오지 않는데 얼어붙은 길바닥에 쪼그려 앉아 떨리는 무릎을 맨손으로 감싸며 나는 너를 기다린다

기어코 너는 내 앞에 설 것이라는 믿음의 고드름으로 써보는 불 꺼진 상점들의 거리에서 막막한 유리창의 입김 사이로 더운 물방울 되어 흘러내리는 너라는 쓸모있는 기약의 '뭉클한 그리움'…… 이 말 속에는 등과 등에 포개진 따뜻한 간격이 촘촘한 비애의 울타리를 짓는다.

혈육이라든가 핏줄이라든가 하는 진행형의 세월을 거슬러 가다보면 어느 해 봄날 우리의 닮은 발길을 미행하던 따스한 햇살이 있다.

그 동네를 떠나올 때까지 길거리 사진관 벽면에 걸려 있던 너의 동생 예지의 파란 레이스드레스 입은 돌 사진을 기억하는지 그 옆에 수줍은 듯 색동한복을 입고 앉은 너의 손이 다소곳이 맞잡았던 한 손을 기억하는지…… 뭉클하다는 것, 속에는 손에 손을 잡고 입장하던 봄날의 사진관 액자 속의 그리운 가족사도 들어있다.

그 밤의 돌아가던 삼각지*

500cc 맥주 세 잔의 탁자가 로만쉐이드의 '눈 가리고 아옹'의 화려한 입구를 바람의 경계 쪽으로 돌려놓으며 고슴도치의 땅굴 속에 슬그머니 맨발의 모성을 집어넣으려 할 때 물었죠. "어때, 스는 괜찮지?" 배, 그녀가 심각한 얼굴로 탁자 아래로 땅콩껍질을 던지듯이 다리를 꼬며 "한창일 때 좋은 가문을 물어버릴까 해"

25시 골목 쪽에서 불어온 농염한 냄비국수의 잘 익은 면발이 김, 그녀의 오사카 행 왕복티켓을 "시끄럽다 고만 뒤집어라" 놀려대며 '처녀는 친구보다 자유롭다 배낭을 메고 떠난 아시아의 등불이다' 며 출산을 위해 보따리를 싼 아내 몰래 유부남 あ**가 한국의 여자친구 미스 ㅎ를 생선초밥의 와사비처럼 손도 까딱 안하고 바나나 껍질 위에 밤새도록 태우고 다닌 이야기를 들려줬지요.

오렌지 색 립스틱을 일 년에 12개나 먹어 버린다는, 애틀랜타국제공항***에서 보석상을 하는, 환갑의 나이에도 엉덩이까지 내려오는 긴 생머리를 탑승구 앞에서 찰랑거리던 막내이모의 가방 속에선 태평양 상공에서

입양한 첩첩한 사연들이 걸어 나오고 이 세상 모든 엄마
의 양수 속 보석을 빼먹고 달아난 저 세상 모든 딸들의
자궁이 '울며 겨자 먹기'로 뱉어낸 숱한 눈물의 씨앗들이
능친 주소 없는 사생의 이별을 생각할 때 '국경 없는 사
랑의 수법이라는 것도 반세기의 LP판 위를 돌아가는 끊
임없는 통속의 바늘이지 않을까?' 오늘도 페미니즘의 장
미는 배반의 삼각지에 피어난 내시경의 담벼락에 붉은
양귀비의 터널을 피우고

* 배호의 노래 〈돌아가는 삼각지〉에서 차용함.
** 일본어 첫 소리, 아—(감동사)를 뜻한다.
*** 미국 조지아 주(州)에 있는 애틀랜타 소유의 국제공항, 정식명칭은
　　〈Hartsfield-Jackson Atlanta International Airport〉 이고
　　여객수와 운행편수에서 세계 최대를 자랑한다.

여류시인 K의 독백

과일샐러드와 마른안주가 노래하는 목조계단에 분첩
을 먹고 자란 성근기미가 초저녁 노을로 반짝일 때 얇은
칸막이 숲의 연주곡은 나비부인과 유한마담의 커튼 위
에 막다른 낙엽의 골목과 서늘한 일몰의 폐경기를 새겨
넣는다.

그녀의 징은 낡았지만 소리는 크지
우울한 관능의 금요일이 토한 비타민이지
문화센터 배꼽에 걸쳐진 줄자야
66사이즈가 어울리는 지르박의 몸매지
홀로 남은 차창이 입김을 닦는 심야버스야
늦깎이의 광장을 전력질주하고 있어
불면의 야상곡을 즐겨 부르는 청춘불패지

주酒의 이태백이 달밤에 만개한 시詩의 두루마기를 입
고 언言의 가부좌를 틀고 정情의 계수나무 아래에 앉아
환幻의 바늘구멍을 넘나드는 무無의 인명사전으로 건너
편 공功의 암스트롱 산소통에 불不의 화약고로 쌓일 때
밤의 풍風은 비로소 당당해진다.

봄날의 화원 앞에서 읽다

노란 프리지아 꽃병이 길가에 쓰러져 있다
목이 좁아 슬픈 그림 속 물뿌리개가
알약 같은 햇빛을 보도블록 위로 쏟아낸다
바짓가랑이를 끌며 간 소멸의 구두 뒤축이다
씨방에 갇힌 허리를 두드리는 깊은 탄성과
성근 오후의 촉수가 게워놓은 위액을 따라가면
토사물처럼 번지는 뿌리의 그늘을 만날 것만 같다

비닐하우스에 갇혀 있던 오랜 풍문의 나날들
내.숨.통.을.조.이.는.소.풍.의.눈.물.이.보.이.나.요
묵언의 짙은 슬픔을 허공을 향해 타전중이다

하늘의 못에 걸린 태양의 외투를 벗기고
석양의 잔가지에 움트는 부리를 비비며
털갈이를 끝낸 새 한 마리 아득히 사라져간다
찰나로 다녀 간 뭉게구름의 계단 사이로
서늘한 그리움의 연서를 지상을 향해 털어낸다
마지막 산책의 절벽에 피어난 능소화의 행간처럼
늦은 봄날의 화원 앞에서 읽는 당신의 마지막 편지

집시 풍風으로

잠을 자다가 불현듯 울어본 적이 있는가
웅크린 어둠의 실타래를 목에 걸고
감아버린 인연의 속눈썹에서 받아 낸
시큼한 눈물의 주스를 마셔본 적이 있는가

바다가 내려놓은 초저녁 별빛을 따라
어질 머리를 털며 걸어 간
추운 기억의 수족관 앞을 지날 때
바지락 칼국수 속에 묻어두고 떠났던
희미한 옛사랑의 기타소리를 들었다

소란의 대낮 같던 광장을 지나
때 절은 얼룩무늬 지도를 따라가면
그늘과 햇빛의 스타카토를 번갈아 헹구어 말리던
오래된 골목의 창틀을 사랑한 미로의 나날도 있다
그 창틀 위에 올려놓았던 얇은 표지의 시집과
두고 온 반짝이 머리핀 속에 숨어버린
집시의 나날 같은 청춘도 보인다

밤새도록 걸어 다닌 꿈속의 타클라마칸
눈을 뜨기 무섭게 달려들던 먼 사막의 기타소리
길을 잃고 매몰된 눈물의 신전 속에 갇혀서
숨죽여 베개를 끌어안고 통곡해본 적이 있는가

연애의 시대적 점층법

해의 사원 위로 흘러가는 강물
달의 주름을 펴며 날아가는 사다리
별의 달력 사이로 지나가는 기차

집을 나서기 전에 거울을 본다

봄이 던진 접시에 반찬을 덜었다
여름이 남긴 국물에 밥을 말았다
가을이 내민 술잔에 건배를 들었다
겨울이 태운 냄비에 숭늉을 끓였다

외출에서 돌아오면 손을 닦는다

먹다…… 젓가락으로 고기를 뒤집지 말랬잖아
먹었다…… 너랑 마주앉아 본지가 너무 오래됐어
먹고 있다…… 이봐, 담배를 피우려면 창문을 열어야지
먹을 것이다…… 누구세요? 당신이 모르는 사막입니다

지리멸렬한 이순서는 반드시 지켜야한다

길을 가다 멈추다

뛰기만 하면 눈앞을 스쳐가는 버스가 있었다.

숨이 막히고 이마에는 식은땀이 흘렀다. 뽀얗게 먼지를 뒤집어 쓴 구두를 벗어들고 으깨진 포도송이처럼 매달려 있는 서글픈 그림자의 오후를 들여다 본적이 있다. 한적한 숲의 가랑이 사이에 아무도 몰래 슬어놓은 허물 벗은 뱀의 전생처럼 뒤엉킨 수많은 길의 흔적이 끈적끈적하게 달라붙어있었다.

회한의 샘물이 솟고 적막한 소름이 돋았다.

씹다버린 껌처럼 도발적인 수상한 길의 흔적을 기를 쓰고 떼어내려 해도 결과는 언제나 참혹했고 구두밑창은 예전보다 더 손상이 되었다. 버스는 이미 문을 닫고 떠났고 점액질의 거리는 어둠속을 배회하다 외출 나온 뒷골목 고양이들의 불안한 동공과 찬바람 속을 뛰어가는 날렵한 소문의 그림자만 흘러넘쳤다.

무심함을 가장한 달콤한 양갱의 날들이 흘러갔다.

꿔다놓은 보리자루처럼 현관의 바닥에 세워진 구두밑창의 시간은 계단을 오르내릴 때는 불편했지만 길만 나서면 잊어버렸다. 세월이 흐르면서 무수히 많은 버스가 스쳐갔지만 더 이상 뛰지 않았다. 비라도 내리는 날에는 젖혀진 우산을 고쳐 쓰거나 정류장 옆 커피자판기의 셀프서비스를 뜨겁게 주문하곤 했다.

차가운 바람이 불던 11월의 어느 밤이었다.
누군가 팔짱을 끼며 묻는 것이었다. 아직은 잘 지내시죠? 그때 아직은 아니다, 라고 말하던 K의 말이 떠올랐다. 잊은 듯 구두밑창을 들여다보며 오래 전 눈앞을 스쳐 지나간 뜨거운 날들의 안부를 물었다. 그곳엔 아무것도 없었다. 안개의 미립자처럼 달라붙어 있던 끈적끈적한 소문들이 모두 사라져버린 것이다.

힘들게 뛰어가 올라타려고 하지 않는다.
텅 비어있는 막차를 타고 우주의 끝까지 날아간 적도 있다. 슬픔이라는 이름의 대기권을 뚫고 블랙홀의 중심에 큐피트의 화살로 꽂혀버린 것이다. 구두밑창에 달라붙어 있던 껌의 존재는 처음엔 불쾌하지만 적당한 순간에 이르면 제 스스로 떨어져 나간다. 수레바퀴의 두려움은 공회전의 행진인 것이다. 그러므로 세월이 약이다.

버스 정류장에 서서 푸른 하늘을 올려다본다.
플라타너스의 내부를 들여다보면 맑은 수액의 커튼을 달고 투명한 가로수의 들판을 달려가는 일렬종대의 창문이 보인다. 오래 참았던 굴뚝처럼 켜켜이 쌓여진 마른 기침의 지붕도 보인다. 그 속에 심어놓은 은행나무 숲과 세월의 물결로 지워진 바람의 나이테도 보인다. 길과 길의 아늑한 간격이 아름답다.

2부

자화상

어떤 모반을 꿈꾸면서 손톱에 매니큐어를 칠해보지 않은 자라면 이해할 수 없는 그런 것,
어느 모멸에 맞서기에 앞서 서둘러 화장을 고쳐야 했던 자의 떨리던 입술선 그런 것,
언제나 잠시도 같지 않은 바람 속에 서 있는 그런 것,
내가 말하려는 것은 그런 것들이다.
— 이신조 소설 「나의 검정 그물 스타킹」 中에서

발랄하고 가파른 나르시스의 언덕
열정과 눈물의 지평선을 아시는지
권태의 갑옷으로 무장한 카타르시스의 알몸
취하지 못한 강강술래의 달빛 그런 것

인연의 산책에도 어둠의 중심은 있는 것인가
나의 혀는 극과 극의 텅 빈 창문이었던가
숨겨진 정서로 거품처럼 일렁이다 돌아서면
첨벙대며 끈질기게 펄럭이던 치욕의 깃발

순정한 욕망의 늪을 간직한 죄로 늘 외로웠나니
십자로의 모퉁이마다 흩날리던 짧은 꽃잎이여
도리질로 흘러간 슬픔의 강물이여
읽다만 통속의 서정에 얇은 밑줄이나 그으며
남모르게 키워온 건 팔 할의 절망이었다

대낮의 광장 같은 지루한 생이었느니

맞서기도 전에 이해한 투명 립스틱의 향기 그런 것
욱신거리는 불면으로 뒤척이던 사랑니의 세월이었다
잦아들며 흐린 듯 고개를 들면 거기

눈물 나게 먹먹한 충만의 시간을 아시는지
빛과 어둠이 아름답게 몸을 섞는 초저녁 풍경과
그 하늘 아래 살고 있는 내 사랑하는 사람들
천형의 커다란 눈망울 속에 지평선이나 피우며
서러운 그대들의 레지스탕스가 되고 싶었다

은유는 멀다

냄비 속에 도마가, 냉장고가 끓고 있다
냄비 속에 태평양이, 파도가 끓고 있다
냄비 속에 마늘밭이, 염전이 끓고 있다

장난감 속에 약속이, 기다림이 놀고 있다
장난감 속에 도벽이, 백화점이 놀고 있다
장난감 속에 싫증이, 건전지가 놀고 있다

당신 속에 배신이, 기차가 숨어 있다
당신 속에 권태가, 갑옷이 숨어 있다
당신 속에 욕망이, 책상이 숨어 있다

내 속에 불면이, 모니터가 피어 있다
내 속에 상처가, 수선화가 피어 있다
내 속에 관능이, 눈물이 피어 있다

냄비 속에는 공장이

장난감 속에는 황혼이

당신 속에는 햇빛이

내 속에는 바다가

담벼락

네모난 너의 안경이 담벼락을 끌고 간다
이빨 빠진 바람이 담벼락을 끌고 간다
인적이 끊어진 골목 희미한 달빛 아래
굴절된 어둠이 불안하게 서성인다

갑자기 너는 그림자를 흔들며
네모난 안경의 늪 속에 나를 빠트린다
그때 담벼락이 제 몸을 열어 나를 당긴다
네모난 너의 안경은 어둠을 향해 빛나고
담벼락의 깊고 아늑한 품속에 안긴 나는
발끝을 적시며 올라오는 수상한 슬픔을
달빛 속으로 천천히 뿜어낸다

담벼락에 기대여 젖은 어깨를 퍼덕이며
골목 끝의 환한 세상으로 추락하는 너
마른나무 가지에 걸쳐진 희미한 달빛에
쓸쓸한 미소를 헹구며 사라지는 너
가벼운 멀미처럼 흔적도 없는

노란색 창문

안개가 자욱하다 수면 위로 빨, 주, 노, 초, 파, 남, 보
창문이 떠있다 영화가 시작되고 영화가 끝날 때까지 여
자는 한 마디 대사가 없다 긴 머리의 여자는 노란색 창
문의 남자를 노란색처럼 사랑한다 남자는 여자의 질긴
시선을 피하지 못한 채 처절한 욕망의 노예가 된다 여자
가 사랑한 것은 극에 달한 외로움이 빚어 낸 집착이었다
세상을 단절한 남자가 찾아든 수면 위의 노란색 감방이
었다 노란색의 사랑은 금지된 욕망의 현기증이다 넘치
는 투정의 불안과 자학의 낚시 바늘 끝에 매달린 오르가
즘이다 긴 머리의 여자와 노란색 창문의 남자를 갈고리
의 운명으로 얽어버린 치명적인 사랑이다 안개의 수면
위로 비가 내리고 여자는 남자를 감추려간다 물과 물이
만나는 세상은 위험하다 노란색 사랑은 햇빛 아래 서 있
어야 적당하다 영화가 마지막 질주를 하고 긴 머리의 여
자는 배 위의 수면에 알몸으로 떠있다 영화는 죽은 여자
의 중심을 가린 시커먼 숲의 비밀을 제목 '섬'으로 남겨
둔 채 천천히 끝난다 영화가 시작되고 영화가 끝날 때까
지 카메라의 앵글은 수면의 스토리다

검은 고양이 네로전傳

밖에는 비가 내리고 있었습니다
검은 고양이 네로*에는
월계관을 쓴 네로 황제만
검은 털의 시간을 한 올 한 올 세고 있었습니다

시인 L이 나팔꽃을 노래했습니다
아무도 나팔꽃의 노래를 경청하지 않았습니다
시인 L이 시인 H에게 나팔꽃을 노래하라고 했습니다
시인 H는 나팔꽃 같은 건 모른다고 말했습니다
시인 L은 간절한 눈빛으로 '그리운 나팔꽃'을 불렀습니다
시인 H는 귀를 막고 지겹다고 그만 시들자고 했습니다

밖에는 세찬 비가 내리고
어두운 처마 밑을 지나다가
빗물에 떨고 있는 토끼 한 마리를 발견 했습니다
품속에 토끼를 넣고 그곳을 떠났습니다
나의 마당에 토끼를 풀어놓고
비스킷을 주고 장난감을 주고 사진을 찍어 주었습니다
토끼는 쑥쑥 자라 제 그림자로 마당을 덮고

귀여운 아가 토끼를 저 혼자 많이 만들어서
어두운 거리의 처마 밑으로 떠나보냈습니다

나팔꽃을 피우지 못한 채 떠나간 시인 L
나팔꽃 따위는 잊어버리고 싶었던 시인 H
이제는 아무도 나팔꽃을 그리워하지 않습니다
이제는 나도 토끼를 그리워하지 않습니다
마당은 사라지고 울타리는 거리가 되었습니나

* 검은 고양이 네로 : 지금은 사라진 동숭동 대학로 카페

의자

아파트 광장의 텅 빈 햇빛을 안고
고개를 숙이고 졸고 있는 의자 하나

의자의 다리가 한쪽으로 굽어 있다
의자의 다리가 한쪽으로 몰려 있다
광장의 오후는 바람의 무늬를 새기고
익숙한 적요가 의자를 받쳐 들고
뒤틀린 생의 시간 속을 걸어간다

의자와 함께 잠들고
의자와 함께 깨어나고
의자와 함께 세상을 노래했던 그
어머니 또는 아내였을 여자는
새벽이면 그의 방문 앞을 서성이고
그의 등뒤에서 섬처럼 늙어갔을 것이다

의자를 따라 증발하는 광장의 저녁
베란다에서 바라보는 의자는
비어있는 중심에서 휘청거린다

이름을 몰랐던 그의 이야기를 매달고
땅거미 속으로 저물어가는 의자

내일이면 의자가 앉았던 마지막 자리는
텅 빈 광장의 햇살 속으로 사라져 갈 것이다
빛나는 먼지의 나날이었다, 중얼거리며
아름다운 영혼을 허공에 흩날리며
한 마리 새가 되어 날아갈 것이다

별이 뜨고 시린 입김을 허공에 찍으며
나는 베란다 창문에서 천천히 물러난다

두 남자
— 앙리 카르티에 브레송, 1932년도 작作 '벨기에 브뤼셀'

내가 아는 한 모든 예술 행위는 찰나다
유명해 진다는 것은 위험한 일이라던 그의 말
그의 말에는 위험한 예술혼이 숨어있다

두 남자는 각기 다른 표정으로 서 있다
그들이 바라보는 곳은 회색의 사선이다
한 남자는 젊고 챙 달린 베레모를 쓰고 있고
한 남자는 늙고 중절모를 쓰고 있다
중절모의 남자는 히틀러 같기도 하고
찰리 채플린 같기도 하다
사진 속의 그들은 더 이상 나이를 먹지 않는다
언제고 그렇게 사선을 향해 서 있을 뿐이다

그의 텅 빈 배경의 의미는 뭘까?
어떠한 인위도 용납하지 않는 순간의 포착
그의 예리한 사진 속에는 오로지
피사체의 시대가 인화로 들어있다

봄, 광장의 오후 3시

바람에게도 투명한 고통의 감옥이 있다
가로수 꼭대기에 걸려있는 바람은
한 번씩 몸을 뒤척일 때마다
공중에 매달린 초록의 늪에서
조각난 그리움의 퍼즐을
상처투성이의 지상으로 흘려보낸다

가로수 옆 벤치에 황사의 그림자를 붙인 채
늦게 오는 약속의 편지를 기다리는 한 남자
노랑갈색 머리를 햇빛으로 물들인 채
텅 빈 도시의 대낮을 두리번거리는 한 여자

해소 천식의 기침을 느리게 쏟아내며
사차선 도로를 빗질하기 시작하는
오렌지색 형광조끼의 깡마른 사내
잔인하고 처절한 봄날 오후의 햇살이
모자를 깊게 눌러 쓴 사내의 정수리로
화살처럼 빠르게 날아와 박힌다

무반주 소나타를 들으며 생각한다

지금도 나는 알지 못한다
무엇이 그날의 아쉬움을 이끌어
구석진 불빛 아래의 의자로 앉게 했는지
모든 불온한 은유는 가시뿐인 선인장의 미래
쏟아지던 웃음과 웃음들 사이에서
어딘지 미심쩍고 겸손했던 슬픈 위장의 말들
가슴을 훑고 지나던 길모퉁이 주황의 바람들

……아무래도 난 나를 꽃피우지 못해
……그것이 늘 문제야 나를 괴롭히는
……나의 나무는 뿌리가 말라 버렸어
……내 몸 안엔 한 방울의 수액도 없어
……새벽의 이슬조차 나를 외면하지
……방법을 모르겠어 정말이야
……어디를 향해 줄기를 뉘어야 할지

지금도 나는 그날의 나를 여전히 알지 못한다
이토록 오랜 미세한 울림인
수많은 간극과 간극 사이에 놓여있는

하얀 대리석 기둥과 샹제리아 불빛의 의혹을
뒤돌아 선 주황의 길모퉁이 바람을 따라가면
그날의 의자와 의자 사이에 끼어 있던 악보엔
언제나 음표 없는 오선지만 가득 채워져 있다

풍경화

　그 거리를 지날 때마다 찡그린 당신 이마의 미소가 생각났습니다 빌딩에 가려진 하늘은 언제나 불안했고 가끔씩 검은 비를 뿌렸습니다 아침의 거리는 연둣빛 인사가 높은 빌딩의 숫자만큼 바쁘게 움직였고 저녁의 거리는 현란한 네온사인이 피곤과 서성거림으로 지친 하루의 이야기를 신호등 곁의 가방 속으로 차곡차곡 밀어 넣어 주곤 했습니다

　그 거리에서 당신의 소식을 기다리며 날마다 긴 머리칼을 훑어 내렸습니다 어떤 날은 머리칼 속에 숨어 있던 아련한 추억의 간판이 굳은 어깨 위에 한 올의 짙은 슬픔을 얹어내기도 했습니다만 정지 버튼의 시간 속에서 걸어 나오는 당신의 옛날 속으로 스며들어 환한 그리움의 기침을 소리 없이 뱉어내곤 했습니다

　그 거리의 얇은 바람과 젖은 가로수 잎을 기억합니다 지루한 날의 엽서는 구름 모자의 우편배달부처럼 늘 거만했고 여름의 푸른 가지와 가을의 넓은 잎을 매단 채 거리의 나무들은 풍성한 사계절을 지키는 도시의 지붕

처럼 갈등과 화해의 보도블록 사이에서 천천히 깊어가
곤 했습니다

　그 거리에서 사라진 것들은 당신의 찡그린 미소만이
아니었습니다 횡설수설의 욕망과 들뜬 감성의 플랫폼과
구두 뒤축에 끌려가던 계단과 사과처럼 상큼했던 오후
의 햇살과 간혹 허리를 틀며 돌아서던 습기의 시간들이
기도 했습니다

　그 거리의 낡은 벤치에 앉아 오늘도 당신을 기다립니
다 당신을 기다리는 동안 새로운 기쁨의 수화가 가방 속
즐거운 엽서로 차곡차곡 쌓여갑니다 바람이 불고 비가
내리는 날에도 가로수 잎은 여전히 짧은 몸을 흔들고 빌
딩의 탑 위엔 붉은 그리움의 현수막이 한가로운 춤을 춥
니다 사람들의 꿈이 오늘도 네온사인의 꽃을 피우고 허
름한 간판 밑의 저녁은 그들의 발목을 끌어 부드러운 등
받이 의자 위에 함부로 눕게 합니다 모두 당신의 부재가
펼친 평화입니다

그의 명함

명함 속에 그의 집이 있다
명함 속에 그의 전화가 있다
명함 속에 그의 사무실이 있다

그의 명함이 열어 놓은 길을 따라 가면
그의 오랜 애인이 살고 있는 아파트가 있다
그의 애인은 밤이면 그를 기다린다
그는 애인과의 나른한 사랑을 안고
그의 낡은 어머니가 기다리는 집으로 간다

명함 속의 그가 불려 나간다
명함 속의 그가 노래를 한다
명함 속의 그가 술을 마신다

그는 새로운 명함을 만들기로 결심한다
그는 주머니의 명함을 꺼내 쓰레기통에 던진다
그의 어머니가 쓰레기통을 들고 사라진다
그의 애인이 그를 찾아온다
그는 새로운 명함을 내민다

그의 명함엔 이렇게 씌여있다

지리멸렬한 인생을 구원해 줄 참신한 능력의 여인을
찾습니다(연락요망!)

해바라기

옛날 영화였지
소피아 로렌이 주인공인 영화

해바라기 들판이었지
가도 가도 해바라기
러시아 맨발의 들판을
노란 운명의 발자국으로
끝없이 걸어가던
이탈리아의 슬픈 어머니
그 여자 소피아 로렌

옛날 영화였지
지금은 할머니가 된
소피아 로렌이 주인공인 영화

그 남자는 다른 여자의 남자가 되어 있었지
그 여자의 플레어스커트를 적시던 눈물
사랑은 멀미나는 노란 운명이라고

그 여자는 다른 남자의 여자가 되어 버렸지
그 남자의 비극은 포탄에 주저앉은 세월
사랑은 거품 같은 노란 햇빛이라고

옛날 영화였지

해바라기
해바라기
해·바·라·기

포르노, 시시비비是是非非

여자는 젖은 맨발을 허공에 숨긴다
여자가 무덤에 꽃을 던진다
낙조의 정원에 추락하는 붉은 환유

여자의 비명이 파도를 따라 들썩였다
망원렌즈에 잡힌 선명한 음화
(오빠, 정말이지?)

여자의 눈물에 금이 가고
맥주 거품의 시간이 흘렀다
남자가 열쇠를 흔들며 나타났다
남자는 가방에 파도를 밀어 넣었다

여자가 백사장을 질주 한다
새벽의 빗줄기가 여자를 뱉어 낸다
여자의 빨간 코트가 비상등을 켠다
여자의 거울이 운동장을 돈다

모든 사건은 종료되었다

독백
— 맨발로 걷는 텍스트의 사막

삼계탕 먹던 저녁이 지나고, 커피 자판기가 지나고, 전동차 안내 방송이 지나고, 벤치의 기다림이 지나고, 핸드폰 침묵이 지나고, 땅거미가 지나고, 한강이 지나고, 구로가 지나고, 부평역 광장이 지나고, 택시 창문이 지나고, 금호슈퍼가 지나고, 코카콜라가 지나고, 엘리베이터가 지나고, 현관문이 지나고, 일찍 오셨네요? 가 지나고, 샤워기가 지나고, 거품이 지나고, 란제리가 지나고, 아홉시 뉴스가 지나고, 젖은 머리칼이 지나고, 선풍기가 지나고, 컴퓨터 메일이 지나고, 광장 불빛이 지나고, 남편 열쇠가 지나고, 일찍 자네? 가 지나고, 뜨거운 입김이 지나고, 불면이 지나고, 아침이 지나고…… 창밖엔 세찬 비바람, 시 두 편을 쓰다

독백
― 상처 또는 권태

내가 떠나고 그 거리의 창문이 잊혀졌다
남아야 할 사람들은 가볍게 지워졌다
며칠 동안 전화가 오고 비가 내렸다
서늘한 바람이 불고 질서의 가을이 왔다

굽은 마음으로 신문을 펼치고
엽서체의 편지를 읽다가 글자를 삼켰다
어깨가 줄어들고 허리가 줄어들었다
청자색 하늘은 바다처럼 푸르고
새들은 울고 구름은 터널을 지났다
숨은 햇살의 블라인드는 의자를 비추고
욕조 속에서 Let It Be를 부르며
사라진 약속을 거품으로 닦았다

밤이면 습관처럼 긴 산책을 하고
은행나무 그늘에 엎드려 구토를 했다
베란다에서 바라보는 아침의 은행나무는
고통을 흡수한 뿌리의 침묵으로 화답하고
수척한 비밀의 행복을 간직한 나는

풍성한 슬픔의 이마를 가린 채
자명종 사이의 섬처럼 늙어간다

내가 떠나고 내 거리가 잠들고
계단과 불빛과 가로수 잎사귀가
잊혀 진 처음의 평화처럼 감미로웠다

모텔 2001

겨울 바다에 비가 내린다
사람들은 그녀를 화냥년*이라 불렀다

외롭다는 말은 수첩 속 암호 문자였다
늘 혼자였다 심심했다
그것이 이유라면 이유였다
내 남자의 등에 손톱을 박고 죽고 싶었다
메마른 가슴에 치정의 문신을 새기고 싶었다
그날의 섹스는 위험했고 아름다웠다
죽음처럼 깊은 감옥에서 고통의 번호를 달고
세상의 모든 풍문을 저주하며
만날 수 없는 그를 미치도록 그리워했다
숲 속 둥근 차양의 테라스를 적시던 달빛과
내 끈끈한 속살의 교성을 어루만지던
그의 애절한 손길이 성감대의 추억으로 떠올랐다
사각 캔버스 안의 세상은 저토록 질기고
간음의 뜨거운 자궁을 가진 나는
창살에 어리는 봄의 햇살을 본다
내 남자의 방엔 평온이 깃들어 있을 것이다

한 시절의 풍랑을 헤엄쳐 간 눈물의 잠수복을 벗고
비릿한 환멸의 수음으로 배신의 새벽을 견딜 것이다
세상의 풍문이 어서 빨리 지나가길 빌고 있다
내 푸른 자궁의 밤은 축제의 화형식으로 깊어 간다
오늘도 숲 속 둥근 차양의 테라스엔 달이 뜨고
위험한 오르가즘의 계단을 양탄자에 숨긴 연인들은
붉은 욕망의 스탠드 불빛을 숨 막히게 끌어안고
질긴 상처의 허물을 서둘러 벗겨내고 있을 것이다

* 2001년에 일어난 모 연예인 부부의 간통사건 주인공

구제불능의 노래

시에 취하고 사랑에 취하고 이별에 취하고 눈물에 취하고
고독에 취하고 밤에 취하고 명예에 취하고 돈에 취하고
가족에 취하고 바다에 취하고 가로등에 취하고
혐오에 취하고 너라는 불면에 취하고

꼭지까지 남은 생애 포도송이 되어 알알이
바구니 가득 뽀송뽀송 유리병 안에 꽁꽁

이 세상 끝나는 날
오만한 신들의 술잔 속에 찰랑찰랑 나누어져
구름 위 취생몽사 웃음을 순식간에 줄줄이 낚아서
깊은 윤회의 동굴 속에서 희희낙락 놀다가

태양계를 적시고 은하수를 적시고
안드로메다를 적시고 처녀좌를 적시고
구름을 적시고 바람을 적시고
전생을 적시고 업보를 적시고

영원불변 마를 날 없이

둥근 기억

처음엔 가시였어요
뾰족하게 돋아난 상처였지요
짐승들도 떠도는 추운 들판이었어요
아무도 헐벗은 지붕을 가릴 수 없었지요
어둠도 잠든 밤엔 눈만 내리고 달빛도 얼어붙었어요
캄캄한 세월의 터널엔 묵은 추억의 레일만 달렸지요
화살처럼 사방에서 몰려들던 먼지의 천국이었어요

둥근 침묵의 방에 세를 들었지요
벽에서 물 흐르는 소리가 따뜻하게 들렸어요
둥근 방은 양수의 잠처럼 포근했지요
한 달이 지나고 열 달이 지나고
모서리 없는 부드러운 방문을 열었어요
먼 거리의 하늘이 다정히 안부를 물었지요
다리를 건너 기차를 타고 푸른 신호등을 따라갔어요
둥근 창문과 둥근 계단을 지나 둥근 복도를 찾아갔지요

처음엔 가시였는데 생각해보니
뾰족한 그리움의 둥근 방이더군요

사랑, 그 쓸쓸함 또는 무서움에 대하여

그가 휘청거리며 걸어간다 그가 사라진 어둠을 향해 가볍게 손을 흔든다 바람이 불고 안개비가 늦은 거리를 적시며 고독한 이방인의 담요처럼 펄럭인다 철커덕, 가슴의 빗장이 해묵은 슬픔의 감방을 깨고 흩어진다

낡은 도서관의 책장 사이로 오솔길이 열리고 푸른 망토자락을 휘날리며 전설의 그가 달려온다 중세의 기사처럼 무장한 그와 그의 백마는 유리의 갑옷을 번쩍이며 천 년처럼 강건한 그녀의 창살 위로 변명의 하얀 날개를 퍼덕이며 내려앉는다 그러나 그녀의 잠은 너무 무겁고 질겨서 아교처럼 끈끈한 그의 유혹에도 눈을 뜨지 않는다 어디선가 지루한 종료를 알리는 기립 박수소리가 들려오고 날카롭고 커다란 시계바늘이 시위를 떠난 화살처럼 그들 주위로 빠르게 날아와 꽂힌다 통속의 진부한 무대를 바라보던 관객들은 하나, 둘 자리를 뜨며 사라지고 침묵의 잠으로 위장된 그녀의 오랜 기다림은 긴 슬픔의 머리카락 속 천 년으로 자라나 그의 발목을 밧줄처럼 감아쥐고 도서관 밖 천 년 전의 광장으로 날려 버린다

그녀의 피 묻은 손톱 하나 그의 가슴살 깊이 박혀있다
언제나 외롭고 즐거운 마녀의 몽상을 닮은 찌그러진 시
계탑 아래 뜨거운 광장의 분수대 물줄기를 따라 그녀의
웃음소리 쉬지 않고 솟아오른다 영원한 꿈속의 딜레마
인 그를 가둔 채 그녀의 웃음소리 광장의 천 년을 달구
고 있다 해바라기 지천으로 돋아 난 넓은 들판의 박물
관, 혹은 청동의 수수께끼 사원 앞이었던가?

구멍에 대한 반성

변기 속으로 흘러간 내 생의 에너지들이여
세면대 속으로 흘러간 내 생의 껍질들이여
하루에도 몇 번씩 그 침묵의 세계에서
미결의 꿈을 위안 받던 나날들이여
가장 더럽고 가장 깨끗한
두 세계에 걸쳐 있는 생존법이란
짧고도 넓은 거리만큼 복잡했었다
변기여 세면대여 용서하라
항문과 얼굴도 용서하라
문을 열고 문을 닫던 모든 순간들이여
용서하라, 용서하라, 용서하라

홍역

수녀님의 하얀 미소가 수녀님의 하얀 가운 속에서
하얗게 하얗게 빛났었죠
엄마는 방문을 열었고 이모는 내 이마를 짚었습니다
나는 미안스레 부끄러웠습니다
그때 이불속의 캄캄한 세계가 나를 구원했죠
엄마의 등줄기 속에 파묻힌 아가가 까르르 웃었습니다
이모는 날마다 내 머리카락을 땋아 내렸습니다
엉덩이까지 내려오는 치렁치렁한 머릿결 이었습니다
나는 그때 일곱 살이었습니다
마당이 유난히 넓었던 그 집에서
높은 마루기둥에 기대여 바라보던 푸른 봄날 이었습니다
수녀님의 하얀 미소가 햇살을 타고 사라져갔습니다
나는 왠지 행복했고 후드득 눈물이 돋았습니다
수녀님의 하얀 가운에 얼굴을 묻고 울고 싶었습니다
나는 그때 일곱 살이었고
마당이 유난히 넓었던 그 집에서
언제나 등에 아가를 업은 젊은 엄마와
날마다 내 머리카락을 촘촘히 땋아 주던
스무 살 이모와 함께 살았습니다

모멸에 대하여

문제는 내가 가진 예민한 속도다
부드러운 정서와 미소는 내 몫이 아니었다
눈물이 고이면 들키지 않게 고개를 숙였지만
집으로 돌아가는 길은 늘 멀었다

키보드 위의 짧은 손가락으로
이 시대의 아름다운 시를 쓰기 위하여
더 많이 침묵하는 법을 배워야 한다
말이란 때론 끔찍한 환상이니까

일탈은 없다 일상만 존재할 뿐
담담한 눈빛의 시절이 그립다

세상의 모든 것이 무섭고 싫어지면
너무 멀리 와 버린 것이다
무던한 용기의 주머니를 잃은 지금
호수 밑바닥에 잠긴 추억의 마을엔
내가 사랑한 사람들의 이야기도 있지만
이제는 모두 잊어야 한다

햇빛을 안은 물거품으로 증발하고 싶다
가련한 내 잘못은 용서를 모르고
눈빛 고운 이름 하나 목에 걸린다

자정의 가로수 밑을 지나가다

1-1 연인들

여자 A가 느리게 걸어갔다
여자 B가 여자 A를 향해 달려갔다
여자 B는 가방으로 여자 A의 등을 후려쳤다
비명도 없이 여자 A가 주저앉았다
여자 B가 여자 A의 몸에 발길을 날렸다
여자 B가 외쳤다
어떻게 살래? 어떻게 살아야 하니?
여자 B의 가방에서 물건들이 쏟아졌다
여자 A가 천천히 일어서며 여자 B를 밀쳤다
여자 A는 비칠거리며 남자를 향해 걷다가
가로수 그늘 밑에 얼굴을 묻고 울었다
여자 B는 여자 A의
헝클어진 긴 머리카락을 응시했다
건너편의 남자는 나무 벤치에 걸쳐진
체크무늬 어둠만 세고 있었다
여자 B의 목소리가 남자의 어깨를 흔들었다
어서 가요 가라고요

남자는 한 줄기 가로등 불빛처럼 옷깃을 세우며
천천히 일어섰다

1-2 입술

그들은 같은 밤하늘의 다른 행성처럼 떠돌고 있었다
모든 것을 보았고 아무 것도 알지 못했다
그들은 검정색 티셔츠를 똑같이 입고 있었다
그들의 무대를 지나던 관객인 나는
가로등 불빛이 휘청거리는 보도블록 사이에서
작은 플라스틱 통 하나를 주웠다
손바닥에 그것을 알처럼 품고 돌아왔다
거실 소파에 앉아 그것을 물끄러미 바라보았다
어차피 그곳에 계속 떨어져 있었다면
차바퀴 아래의 산산조각으로 사라질 게 뻔했다
그들은 자신들이 잃어버린 것이 무엇인지
아무것도 기억하지 못할 것이다
핑크빛 펄이 섞인 플라스틱 작은 통은

거실 조명등 불빛 아래서 나를 향해 반짝거렸다
통 뚜껑을 열고 그 빛깔을 들여다보았다
그때 두 여자의 핑크빛 입술이
동시에 그 속에서 튀어나와 내게 물었다
당신은 누구세요?

레퀴엠

손만 대면 불이 켜지는 스탠드를 갖고 있다
스탠드의 눈부신 양 날개를 갖고 있다
그 옆의 alwa 카세트를 갖고 있다
alwa의 둥근 이마를 갖고 있다
손만 대면 저절로 불이 켜지는 스탠드와
alwa 카세트는 죽은 조카의 유품이다
그 아이를 닮은 눈부신, 둥근

스탠드와 카세트가 놓인 길색 탁자 위엔
베버의 '현을 위한 아다지오'*가 흐르고 있다
죽은 조카의 카세트 속에 들어 있던
음울한 무게가 전부인 베버의 음악을 들으면
그 아이가 남기고 간 생생한 시간들이
내 가슴 속 깊은 눈물의 샘을 지휘한다

오늘도 그 아이가 살다 간 짧은 세월이
갈색의 탁자 앞에 턱을 괴고 앉아
미처 다 듣지 못하고 간 베버의 음악을 들으며
눈물에 젖은 내 모습을 물끄러미 바라본다

---

* 사무엘 베버의 Adagio for Strings Op.11(편곡 Agnus Dei 천주의
어린양) 올리버 스톤 감독의 전쟁영화 '플래툰' 의 배경음악으로
쓰이기도 했다.

그로테스크

웃고 있다
강박관념의 책상 모서리
해 돋는 서쪽의 과수원

놀고 있다
양수로부터 적출 된 옹알이의 투정
비 내리는 새벽의 스트리킹
처녀막의 파열처럼 뜨겁던 추억

울고 있다
앞치마 속으로 사라진 네온의 립스틱
헤드라인의 간음과 근친상간의 드라마

날고 있다
바다를 잃은 활주로의 섬
에덴을 개척한 뱀의 긴 혓바닥
밤이 찢어놓은 오감도의 대낮

12월

술잔 속으로 달이 기울고 있어
뜬구름 위에 엉킨 시간을
아무도 풀려하지 않아
밤이 깊을수록 선명한 이별의 노래는
젓가락 장단처럼 빨라지고 있어
몇 사람은 떠났고
몇 사람은 남았어
허공을 떠다니는 욕망의 카리스마는
차가운 체온을 흘리는 의자에 앉아
싸늘한 안경의 미소로 깊어가고 있어
주머니 속엔 바람만 불어
가슴의 뚜껑을 열고 외치고 싶어
돌아가고 싶다고
너무 멀리 왔다고
따뜻한 이마의 꿈이 그리워
사거리의 환한 신호등은 정말 지겨워
낮은 지붕의 골목으로 돌아가고 싶어
미안해 괜찮아 눈물을 지워

당신이라는 간이역

나는 추억을 부정하지 않는다
오늘도 인연이라는 완행열차를 타고
당신이라는 간이역을 찾아간다
시간이 지나가는 길목엔
처음 같은 두려운 풍경이 기다린다
어느 날은 대낮의 플랫폼에서
아직은 낯선 당신 얼굴을 떠올리기도 하고
어느 날은 어두운 대합실에서
연착을 알리는 당신의 깃발을 찾기도 한다
당신은 나를 가벼운 눈길로 배웅하라
뜨거운 악수는 생략되어도 좋다
진한 이별의 말은 나누지 않아도 좋다
당신을 만나기 위한 많은 날들과
당신을 만나고 돌아선 많은 날들을
천천히 기억하며 남은 생을 살아가리니
당신의 이름이 과거로 명명됨을 슬퍼하지 마라
또 다른 간이역을 찾아 떠나는 나는
당신의 눈빛에 이 말 한 마디를 남겨둔다
나는 추억을 부정하지 않는다
추억이 된 당신이 못내 서러울 뿐이다

멍

이젠 아픔에 대한 감각은 없어
그러나 문신처럼 선명한 너의 흔적은
자다가도 숨이 막혀 눈을 뜨게 해
고치 속 애벌레처럼 낮게 몸을 웅크린 채
뜬구름의 날들을 희망으로 버텨갔지

실수였다고는 말하지 마
무엇이 우리를 그물처럼 좁혀들게 했느지는
중요하지 않아

날 바라보는
너의 어두운 창문엔
시퍼렇게 멍든 레테의 강물이 흐르고 있어
그 속에 머리를 감고 개운해지고 싶어
하지만 예리한 슬픔의 가로등 불빛은
불면의 새벽만 주고
질식할 것 같아

그래 알아

너의 잘못만은 아니란 걸
우기에 지쳐 허둥대던 눈빛처럼
막막한 습기의 인연에 다리를 절며
준비되지 않은 청맹과니의 악보 속에
시린 눈물의 음표를 새긴
내 탓이라는 걸

진초록의 식물인간이 되고 싶어
온 몸에 멍이 퍼져 나무가 된 그녀처럼
하늘을 향해 두 팔을 가지로 세우고
내 붉은 애증의 열매를
한 움큼 토하며 사라지고 싶어
피멍든 내 사랑의 붉은 열매를
메마른 퇴화의 입술로 우물거리는
마지막 너의 행복을 보고 싶어

* 마지막 연은 한강의 소설 「내 여자의 열매」를 차용함.

저녁, 설雪

눈보라 속을 걸어갔다
거리의 풍경이 생일케익처럼 장식됐다
넓은 광장을 향해 윙크하고
육중한 지하 유리문을 열었다
하나 둘 사람들은 어깨 위의 생경한 기후를
아무렇지 않다는 듯 툭툭 털어냈다
입구까지 밀려 온 은백색의 자취가
멈칫, 영역권 밖으로 빌려났나
정확히 삼 십분 후 실내의 문이 닫혔다
사람들은 더 이상 사람들을 기다리지 않았다
약속이란 어차피 같은 족속들의 밀통인 것
건물밖엔 계속해서 펑펑 눈이 내리고
비밀결사대 같은 엄숙한 의식의 조명등은
사람들 깊숙한 등받이를 휘황하게 물들였다
왕왕대는 스피커 소리를 제치며
닥터지바고의 아련한 설원을 울리는
라라의 슬픈 노래가 들려왔다
정확히 삼 십분 후 실내의 문을 열었다
사람들은 아직도 왕왕대며 의식을 집행하고

오버코트의 긴 자락을 끌며 그곳을 떠났다
예정된 시계의 초침이 눈 쌓인 들판을 향해 기립했다
거리엔 그렁그렁 추억 같은 등불이 하나 둘 켜지고
어느새 눈발은 그쳐있었다

기형도를 읽는 밤

뜨거운 이마가 타이레놀 두 알을 삼킨다
타이레놀 두 알이 성모 마리아다

엘리베이터를 끌어올리며 그가 오고 있다
그의 어깨에 걸쳐진 중년의 저녁
의자에 앉아있던 나는
기형도를 읽다 말고
그의 텅 빈 이마를 바라본다

비닐하우스가 바람에 떨고 있다
문풍지처럼 사진 속의 기형도가
들판의 작은 집에서 떨고 있다
사랑을 잃고 나는 무엇을 쓰리

기형도를 닮은 그가
괴로운 새벽을 차고 일어나
밤을 새운 내게 인사를 한다
이제 나는 잠들어야 한다
시를 접고 책갈피를 접고

우울한 기형도를 접고
타이레놀 속 성모 마리아를 접고

열쇠 구멍이 돌아가는 소리
엘리베이터의 어깨를 끌어내리는 소리
산다는 건 시를 쓴다는 건
그와 나의 엇갈린 세계처럼 멀다

치열한 격정과 섬세한 서정의 결속

유 성 호(문학평론가 · 한양대교수)

1.

널리 알려져 있듯이, 서정시는 근본적으로 '자기 표현'의 발화 양식이다. 물론 여기서 말하는 '자기 표현'이 꼭 내면 토로에 한정된 것은 아니다. 오히려 서정시의 음역音域은, 내면 토로에서 발원하면서도 그것이 현실이나 타자를 향해 힘껏 나아갔다가 다시 힘겹게 내면으로 귀일하는 경로를 밟는다고 해야 맞을 것이다. 이러한 서정시의 경로를 두고 우리는 주체와 타자 간의 결속 욕망이라 명명할 수 있을 것이다. 말할 것도 없이 이러한 시적 욕망은 결핍과 유예를 숙명적으로 가지는 미실현未實現의 형식일 것이다. 그럼에도 불구하고 그 욕망은 영속적인 생성과 소멸의 과정을 통해 '시적인 것'의 실질을 완성하게 된다. 이미란 시집은, 이러한 시적 욕망의 회로를 치열하고 섬세하게 보여주는 선명한 범례範例로 우리에게 다가온다 할 것이다.

이미란 시인은 1997년에 등단하여 첫 시집 『준비된 말도 없이 나는 떠났다』(시와시학사, 1999)를 상재한 바 있고, 이번에 12년 만에 두 번째 시집 『내 남자의 사랑법法』
(황금알, 2011)을 펴낸다. 그녀는 이번 시집에서 "한 번
가서는 돌아오지 않는 것들의 이름을 부르며"(『시인의
말』) 살아온 자신의 생애를 갈무리하고, 자신을 구성해
왔던 이름에 대한 상상적 열망을 통해 자신의 존재론적
'사랑법法'을 구현하면서, 이제는 부재하는 그 이름들을
불러보는 사후적事後的 과정이 바로 자신의 시작詩作 과정
임을 선연하게 보여준다. 말하자면 이번 시집은 돌아오
지 않는 것들의 이름을 향한 양도할 수 없는 통증과 그
리움에서 탄생하고 있는 것이다.
   하지만 이미란 시편의 근본 심급이 이러한 개념적 일
반화를 거부하는 구체적 형상들로 가득하다는 점 또한
지적되어야 한다. 그녀 시편들은 마치 공기처럼, 액체처
럼, 연기처럼, '몸'의 곳곳에서 새어나오고 흘러나오는
구체적인 물질성을 갖추고 있기 때문이다. 다만 이 글에
서는 이미란 시집의 전체 특성을 조감鳥瞰할 수 있는 지
형을 모형적으로 구축하면서, 개념적 일반화로의 환원
을 한사코 거부하는 그녀 시편의 구체적 심미성에 접근
해보려고 하는 것이다.

   2.
   이번 시집에서 가장 먼저 발견되는 음역音域은, 지금은
사라져 돌아오지 않는 이름들 가운데 시인이 직접 부르
는 '당신'에 관련한 목소리이다. '당신'을 제재로 한 시편
들은 한결같이 타자를 향한 열망과 유예의 반복 속에서
시인의 존재론이 구현되고 있음을 확연하게 증언하고
있다. 매우 치열하고 섬세한 감각으로 불러보는 '당신'의

형상에 다가가보자.

풍선의 이빨이 몇 개인지 아세요?
헬륨가스에 부풀은 혓바닥을 보셨나요?

대학로의 소극장에서 당신을 만나기로 한 날
오후 3시의 마로니에 공원에 앉아
구름이 씹다버린 햄버거의 속살을
오후 4시의 벤치에게 내주며
오후 5시의 소나기가 후렴을 부르는
가로수 울타리의 공연장을 돌아
권태의 양탄자가 푹신푹신 깔려있는
지하계단을 내려갔지요

늦게 노착한 휴대폰 속 당신이 변명을 진동으로 바꾸고
불 꺼진 무대 위의 고도를, 오지 않는 당신이라는 고도를,
처음부터 기다림은 없었다고 당당히 독백하는 고도를
흐린 오후의 그림자를 따라온 벤치에게 내주며
이빨이 모두 달아난 풍선의 틀니를 들여다보았지요

무대 위에 함몰된 천정을 뚫고 도착한
사라진 약속의 당신을 기둥과 벽 사이에 던져놓고
고도라는 인생의 귀인과 삐에로를 기다렸지요

거기, 은발의 머리칼을 날리던 오후 6시가
절대자의 중절모를 흔들며 짠, 하고 등장하던

주름진 풍선의 세월을 뚫고 날아간 고도라는 당신

헬륨가스를 삼켜버린 혓바닥이 몇 개인지 아세요?
　　　　　　　　　　　　　　　─「당신이라는 고도」 전문

　여기서 '고도'는, 말할 것도 없이 베케트S. Beckett의 '고
도Godot'일 것이다. 아무리 기다려도 오지 않는 '고도'는,
'열망'과 '유예'를 교차적으로 허락하는 '당신'의 속성을
강하게 유추케 하는 형상이 아닐 수 없다. 화자는 '대학
로의 소극장'에서 '당신'과 함께 베케트의 연극을 보려고
하였는데 '당신'은 결국 나타나지 않는다. '당신'은 화자
로 하여금 공원 벤치에서 오래도록 기다리게 하고 혼자
지하계단을 내려와 무대를 바라보게 만드는 '텅 빈' 존재
이다. 오랜 기다림을 지나 뒤늦게 전화로 들려오는 '당
신'의 변명을 뒤로 한 채, 화자는 불 꺼진 무대 위에서
'당신이라는 고도'를 새삼 떠올린다.
　"처음부터 기다림은 없었다고 당당히 독백하는" 존재
인 당신이라는 고도는, "사라진 약속의 당신"이기도 하
다. 그렇게 거듭 "고도라는 인생"의 귀인과 삐에로를 기
다리면서 화자는 이제는 날아가버린 "고도라는 당신"을,
그 미실현의 대상일 뿐인 '당신이라는 고도'를 주름진 세
월을 다해 노래한다. 이때 '고도'는 점점 외연을 넓혀 오
래 머물길 원했던 '고도古都'로, 너무 외로운 '고도孤島'로,
날아가버린 아득한 '고도高度'로 의미론적 확장을 거듭한
다. 그때서야 비로소 '당신'이야말로 "내 청춘의 주름"
(「눈물의 세헤라자데」)이요, "화인의 그리움"(「보르네오
섬의 애인들」)으로 남은 존재임을 고백하는 시인의 뒷모
습이 아련하게 다가온다. 이렇게 시인에게 '빛'이자 '빚'
이기도 한 '당신'은 시집 가득, 곳곳에 번져 있다.

116

개다리소반의 휘어진 말년으로 남아있는 당신, 먼저 당
도한 개미떼가 훑고 지나간 풀밭 위의 찬합 사이에 세워놓
은 삼천리표 자전거로 기억되는 당신, 숨은그림찾기 신문
을 들추고 평상 위의 꽃무늬 접시까지 몽땅 뜯어먹고 사라
진 양상군자의 커다란 발자국으로 찍혀있는 당신, 몰락한
왕조의 후예가 살고 있는 효령대군 18대손 신리 397번지
의 느티나무를 그리워한 당신, 새털구름의 미소를 간직한
간호장교 옛 애인의 볼우물 속으로 홀연히 사라져버린 당
신, 태양의 허기가 질러놓은 붉은 양탄자의 지름길로 성큼
성큼 멀어져 간 당신

연병장을 울리는 병사들의 힘찬 구령 소리가
지프차에 올라앉은 검은 선글라스 속으로 달려든다
나도 그들을 따라 차렷! 경례! 힘차게 외치며
떠나버린 유년의 해 저문 푸른 들판 위를 달려간다
　　　　　　　　　　　　　　—「푸른 경례 1」중에서

시인에게 결국 오지 않는 '고도'였던 '당신'은 이제 "개
다리소반의 휘어진 말년으로 남아있는" 존재로 화한다.
그야말로 폐기 직전의 순간에 와 있는 낡은 모습을 한
'당신'은, 숨가쁜 환유를 통해 여러 소멸의 이미지들로
대체되고 나열된다. 가령 '당신'은 사라진 '삼천리표 자전
거'나 양상군자의 사라진 '커다란 발자국'으로 나열되다
가, 낡아 사라진 왕조의 후예가 사는 곳을 그리워하기도
하고, 스스로 사라져버리고 멀어져가기도 한다. 시편 제
목 '푸른 경례'처럼, 화자는 연병장의 힘찬 구령 소리와
함께 "떠나버린 유년의 해 저문 푸른 들판" 위를 달려가

면서 사라지고 멀어져간 그 무엇을 그리워한다. 그 그리움의 이미지로 동원된 "개미떼가 훑고 지나간 풀밭"이나 "사라진 양상군자의 커다란 발자국"이나 "몰락한 왕조의 후예"나 "옛 애인의 볼우물"은 모두 멀어져간 '당신'의 분위기나 외관이나 속성을 강렬하게 암시한다. 지나가고, 사라지고, 몰락하고, 멀어져간 옛것의 이미지가 바로 '당신'의 구체적 세목으로 등장하고 있는 것이다.

이처럼 '당신'은 시인에게 한결같이 "마른나무 가지에 걸쳐진 희미한 달빛에/쓸쓸한 미소를 헹구며 사라지는"(「담벼락」) 야속한 존재이다. 하지만 "당신 속에는 햇빛이// 내 속에는 바다가"(「은유는 멀다」) 있는 숙명적 공생共生 관계의 존재이기도 하다. 그렇게 '당신'은 부재한 채로, 사라진 채로, 완성되는 어떤 존재이다. 이때 시인의 시적 욕망은 '당신'과의 만남을 유예함으로써 역설적 완성을 꾀하게 된다. "소풍처럼 왔다가 사라져간 바람처럼 한 줄기 문장으로 남겨지기"(「야사록夜事錄」) 싫어하는 상상적 불멸의 욕망이 아름다운 존재론적 전회轉回를 꿈꾸게끔 하고 있는 것이다.

3.

우리는 그녀가 상상 속에서만 역설적으로 완성하는 '당신'에 대한 그리움의 형식을 통해 그녀 시편의 입구에 다다랐다. 이렇게 '당신'이라는 부재의 이름을 거듭 호명했던 시인은, 이제 '사랑의 시학'으로 자신의 목소리를 현저하게 이월해 나아간다. 이때 '사랑'이란 이미란 시인의 삶을 가능케도 하고, 절망케도 하는, 가열한 에너지라고 할 수 있을 것이다. 그 오롯한 에너지를 통해 시인

118

이 완성하려 하는 '사랑법法'을 깊이 한번 들여다보자.

    돌아누운 그의 등줄기 사이로 마른바람이 분다
    그 바람벽에 살을 묻고 울어본 적이 있었던가?
    온전한 그림자의 알몸을 그의 등에 비비며
    축축한 암술로 돋아나는 회한을 가닥가닥 엮어서
    그의 등에 암각 된 성난 슬픔의 뿌리를 토닥이다가
    잃어버린 모성의 숲 내 비린 젖무덤 사이에
    이 세상 가장 편안한 숨을 내려놓게 해주었던가?

    미안한 당신, 이라고 불러본다

    내 남자의 등에 접혀진 얼룩무늬의 날개를 본다
    나달나달하게 삭은 깊은 뒤란의 날개 속엔
    오랜 세월의 먼지 속에서 골라낸 성근 햇빛과
    달의 골수로 길러낸 사향노루의 주머니와
    첩첩한 소금창고 속 항아리 밑에 묻어둔
    그만의 황홀한 비문이 숨어있을 것이다
    그 맨홀 속 같은 그리움의 뚜껑을 열고 들어가
    별빛을 조명삼아 뒹굴어본 적이 있었던가?

    미안했고 미안했던 당신, 이라고 불러본다

    밤의 창문이 가로등 불빛을 포개며 돌아눕는다
    저만큼 밀려난 등과 젖가슴의 간격이 휑하다
    그의 등을 타고 온 마른바람의 숲이
    알타미라 동굴벽화의 구석기시대처럼 멀고 먼
    야생의 무덤 같은 동굴의 입구를 지키고 서있다
    거기 한 사나이의 꿈이 굽은 세월로 박혀있다

전생의 못다 푼 밀렵의 화살을 당기며
동굴 속 벽에 사향노루의 들판을 새겨 놓는다
거꾸로 도는 시계를 따라 해바라기처럼 퍼져가는

내 남자의 등에 매달린 빛나는 암각의 사랑!
─「내 남자의 사랑법法」 전문

여기서 '내 남자'는 앞에서 우리가 읽은 '당신'을 온몸
의 음영陰影으로 삼는 존재이다. '내 남자' 역시 마른 바람
만 부는 곳에서 돌아누운 등줄기를 보인다. 화자는 그의
등에 암각 된 슬픔의 뿌리를 토닥이다가, '내 남자'로 하
여금 '모성의 숲'에 편안한 숨을 내려놓게 해주지 못했음
을 아프게 떠올린다. 화자는 그런 '내 남자'를 "미안했고
미안했던 당신"이라고 명명한다. '내 남자'의 등에는 접
혀진 얼룩무늬의 날개가 있고 그 날개 안에는 "황홀한
비문"이 숨겨져 있다. 또한 '내 남자'의 등에는 "한 사나
이의 꿈"이 굽이쳐 흐르는 세월로 가로놓여 있다. 화자
는 한 사나이의 꿈이 각인된 황홀한 비문秘文을 통해 "그
리움의 뚜껑"을 열고 들어가지 못했었음을 아쉬워한다.
하지만 뒤늦게나마 발견한 "내 남자의 등에 매달린 빛나
는 암각의 사랑"은 이미란 시인이 지향하는 '사랑'의 차
원을 선명하게 보여준다. 다시 말하면 비문처럼, '암각嚴
刻'처럼, 깊이 각인된 '사랑'이야말로 '내 남자의 등'에서
빛나는 순간과 함께 찾아오는 가열한 시인의 정서적 에
너지인 것이다. 다음 시편에서도 그런 '사랑'의 에너지가
아름답게 번져가고 있다.

나는 추억을 부정하지 않는다
오늘도 인연이라는 완행열차를 타고
당신이라는 간이역을 찾아간다
시간이 지나가는 길목엔
처음 같은 두려운 풍경이 기다린다
어느 날은 대낮의 플랫폼에서
아직은 낯선 당신 얼굴을 떠올리기도 하고
어느 날은 어두운 대합실에서
연착을 알리는 당신의 깃발을 찾기도 한다
당신은 나를 가벼운 눈길로 배웅하라
뜨거운 악수는 생략되어도 좋다
진한 이별의 말은 나누지 않아도 좋다
당신을 만나기 위한 많은 날들과
당신을 만나고 돌아선 많은 날들을
친천히 기억하며 남은 생을 살아가리니
당신의 이름이 과거로 명명됨을 슬퍼하지 마라
또 다른 간이역을 찾아 떠나는 나는
당신의 눈빛에 이 말 한 마디를 남겨둔다
나는 추억을 부정하지 않는다
추억이 된 당신이 못내 서러울 뿐이다
—「당신이라는 간이역」 전문

  '당신'이라는 존재는 '인연'이라는 완행열차를 타고 들르는 추억의 '간이역'이다. 화자는 '간이역'이라는 공간 은유를 빌려 '당신'을 다시 한 번 상상한다. 시간의 길목에 있는 그 '간이역'은 여러 공간 형상으로 나타나는데, 가령 화자는 '대낮의 플랫폼'에서는 낯선 당신 얼굴을 떠올리고 '어두운 대합실'에서는 연착하는 당신을 기다리기도 한다. 그러다가 화자는 뜨거운 악수나 진한 이별의 말 대신 가벼운 눈길로 돌아선 '당신'을 향해, "당신을 만나기 위한 많은 날들과/ 당신을 만나고 돌아선 많은 날들"에 대한 기억이 자신의 생의 밑거름이 될 것임을 고백하게 된다. 이제는 사라져 과거가 되어버린 "당신의 이름"이 "또 다른 간이역을 찾아 떠나는" 순간을 허락하는 것이다. 그래서 이 작품은 '당신'에 대한 이별과 추억을 매개로 하여 '당신'과의 각별한 인연을 노래한 '사랑'의 시편이 된다. '당신'과의 만남과 이별의 순간성이 바로 '간이역'이라는 적실한 은유를 낳은 것이다.

시인은 다른 시편에서도 "우리들이 사랑한 그 길의 안부"(「담배의 연가」)를 묻기도 하고, "밤이 깊을수록 선명한 이별의 노래"(「12월」)를 웅얼거리기도 하고, "문신처럼 선명한 너의 흔적은/ 자다가도 숨이 막혀 눈을 뜨게 해"(「멍」)주는 것임을 아프게 노래하기도 한다. 그렇게 '비문'처럼, '암각'처럼, '문신'처럼 선명하게 각인된 '멍'의 푸른 빛깔이야말로, 이미란 시학의 아득한 통증과 그리움의 깊이를 들여다보게끔 해주는 구체적 물질성이라 할 것이다.

4.
이미란 시인은 한 작품에서 "내 몸이 곧 길이다, 라고 믿기 시작하면서 그 길의 끝에 다다르기 위한 맑은 강물을 퍼 마시며 시린 모래바람에 늘어난 달빛의 혓바닥을 등에 지고 잠드는 낙타의 긴 속눈썹을 사랑하게 되었다."(「내 몸 안에 세상의 모든 길이 숨어 있다」)고 남다른 고백을 한 바 있다. 이러한 '몸'의 상상력은, 이번 시집을

통해 우리가 발견할 수 있는 이미란 시학의 한 기둥이
다. 그녀는 '몸'에서 발원하고 '몸'으로 수습하는 격정의
시학을 누구보다도 치열하게 노래하는 시인이다. 이때
'몸'은 인간을 구성하는 가장 구체적이고 감각적인 물리
적 실재이자, 모든 인식과 실천이 생성되는 최초의 지점
이다. 일찍이 니체F. Nietzsche가 '몸'을 통한 세계의 무한
한 해석 가능성을 제기한 이래, 우리는 '몸'이 이성이나
이념 지향의 인식론을 극복하는 반성적 거점이 되어왔
음을 선명하게 경험한 바 있다. 그것은 가장 구체적인
원형적 실재에 대한 재발견을 통해 지워진 역사를 복원
하려는 욕망과 깊이 관련되고, '몸'이 주체와 세계를 잇
는 가장 구체적인 매개체라는 인식론적 전회의 흔적을
담고 있는 것이다. 이미란 시인은 "정글 숲의 비정한 한
기를 품은 짐승의 눈빛처럼"(「한편, M은 새벽 3시에 총
알택시를 타고 도망을 치고」) 빛나는 치열한 격정을 통
해 자신의 '몸'에서 일어나는 아름답고 섬세한 반응들을
적극 표현하고 있다.

　　　노란 프리지아 꽃병이 길가에 쓰러져 있다
　　　목이 좁아 슬픈 그림 속 물뿌리개가
　　　알약 같은 햇빛을 보도블록 위로 쏟아낸다
　　　바짓가랑이를 끌며 간 소멸의 구두 뒤축이다
　　　씨방에 갇힌 허리를 두드리는 깊은 탄성과
　　　성근 오후의 촉수가 게워놓은 위액을 따라가면
　　　토사물처럼 번지는 뿌리의 그늘을 만날 것만 같다

　　　비닐하우스에 갇혀 있던 오랜 풍문의 나날들

내.숨.통.을.조.이.는.소.풍.의.눈.물.이.보.이.나.요
묵언의 짙은 슬픔을 허공을 향해 타전중이다

하늘의 못에 걸린 태양의 외투를 벗기고
석양의 잔가지에 움트는 부리를 비비며
털갈이를 끝낸 새 한 마리 아득히 사라져간다
찰나로 다녀 간 뭉게구름의 계단 사이로
서늘한 그리움의 연서를 지상을 향해 털어낸다
마지막 산책의 절벽에 피어난 능소화의 행간처럼
늦은 봄날의 화원 앞에서 읽는 당신의 마지막 편지
　　　　　　　　　—「봄날의 화원 앞에서 읽다」 전문

　첫 연에서는 '봄날의 화원'을 묘사하고 있다. 화자는 길가에 쓰러진 노란 프리지아 꽃병과 알약같이 쏟아지는 햇빛 그리고 "바짓가랑이를 끌며 간 소멸의 구두 뒤축"을 통해, 일견 병리적이고 일견 소멸해가는 풍경을 구체적으로 보여준다. 이러한 남다른 전경前景은 곧 "토사물처럼 번지는 뿌리의 그늘" 같은 적절한 묘사를 통해, '봄날의 화원'이 심미적 풍경이 아닌 치명적 위난危難을 환기하는 풍경임을 거듭 암시한다. 그 위난의 날들은 "비닐하우스에 갇혀 있던 오랜 풍문의 나날들"인 셈이고, 화자는 숨통을 조이는 듯한 눈물을 통해 "묵언의 짙은 슬픔"을 허공에서 발견하게 된다. 이때 '봄날의 화원'에서 화자가 읽고 있는 것은, 새 한 마리 아득히 사라져간 하늘로부터 나타난 "서늘한 그리움의 연서" 한 장이다. 지상을 향해 털어낸 그 '연서戀書'를 화자는 "마지막 산책의 절벽에 피어난 능소화의 행간처럼" 읽고 있는 것이다.

124

이는 봄날의 화원 앞에서 읽는 ‘당신’의 마지막 편지와 의미론적 등가를 이룬다. 그 마지막 연서가 바로, 그동안 시인이 기다려온 ‘당신’에 대한 “멀미나는 노란 운명”(「해바라기」)이 아니었겠는가. 그야말로 “눈물 나게 먹먹한 충만의 시간”(「자화상」)을 숱하게 지나온 시인의 통증 어린 상징 제의祭儀가 바로 이 ‘마지막 편지’를 읽는 모습을 통해 수행되고 있는 것이다. 이처럼 이미란 시인은 “잠을 자다가 불현듯 울어본”(「집시 풍風으로」) 시간으로 점철된 생애를 “빛나는 먼지의 나날”(「의자」)로 감내하면서도, “당신의 부재가 펼친 평화”(「풍경화」)를 오롯이 받아들이면서 자신만의 ‘사랑법法’을 완성하고 있는 것이다.

하지만 여기서 우리가 또 하나 기억해야 할 것은, 이렇게 치열한 격정을 보여온 이미란 시학이 서서히 ‘둥긂’의 형상을 지향하면서 원융圓融의 상상력으로 통합되어 갈 것이라는 예감을 준다는 사실이다. 이는 이번 시집이 암시적으로 드러낸 한 진경進境이 아닐 수 없는데, 오랜 풍문의 나날을 지내고, 둥글고 따스한 세계로 진입해가는 시인의 섬세한 서정이 도드라지는 다음 시편이 그 실례가 될 것이다.

처음엔 가시었어요
뾰족하게 돋아난 상처였지요
짐승들도 떠도는 추운 들판이었어요
아무도 헐벗은 지붕을 가릴 수 없었지요
어둠도 잠든 밤엔 눈만 내리고 달빛도 얼어붙었어요
캄캄한 세월의 터널엔 묵은 추억의 레일만 달렸지요
화살처럼 사방에서 몰려들던 먼지의 천국이었어요

둥근 침묵의 방에 세를 들었지요
벽에서 물 흐르는 소리가 따뜻하게 들렸어요
둥근 방은 양수의 잠처럼 포근했지요
한 달이 지나고 열 달이 지나고
모서리 없는 부드러운 방문을 열었어요
먼 거리의 하늘이 다정히 안부를 물었지요
다리를 건너 기차를 타고 푸른 신호등을 따라갔어요
둥근 창문과 둥근 계단을 지나 둥근 복도를 찾아갔지요

처음엔 가시였는데 생각해보니
뽀족한 그리움의 둥근 방이더군요

―「둥근 기억」 전문

처음엔 뽀족하게 돋아난 '가시'이자 '상처'였던 추운 기억이, "둥근 침묵의 방"으로 세를 들어가자 벽에서 물 흐르는 소리도 따뜻하게 들리게 된다. 자연스럽게 그 "둥근 방"은 어머니의 양수처럼 포근한 나라를 선사한다. 지난날 얼어붙고 캄캄했던 기억을 지나 화자는 "모서리 없는 부드러운 방문"을 통해 "둥근 창문과 둥근 계단을 지나 둥근 복도"를 찾아간다. 온통 아프기만 했던 '가시'이자 '상처'였던 것들이 "뽀족한 그리움의 둥근 방"으로 화하면서, 시인의 상상력은 아픈 위난과 결핍의 시간을 지나 '둥근 기억'을 부드럽게 생성시킨다. 물론 이 시편은 '시詩' 자체를 상상하는 일종의 '메타시'의 외관을 띠고 있다. 말하자면 시인은 자신의 '시'가 바로 '가시'이자 '상처'였던 것을 곧 부드럽고 둥근 '그리움의 방'으로 바꾸는 것임을 발견해간다. 그 과정이 바로 시작 과정과 유추적

상동성相同性을 띠게 되는 것이다. 따라서 이 시편은 앞으로 씌어질 이미란 시편의 미래적 경개景概를 짐작케 하는 '둥긂'의 상상력을 명료하게 보여주는 작품이다. 그 섬세한 서정으로 시인은 "길과 길의 아늑한 간격이 아름답다."(「길을 가다 멈추다」)는 자각을 실어, 삶에서 '둥긂'과 '아늑함'이라는 은유가 가장 "뭉클하다는 것"(「현지에게 긂)을 펼쳐나가게 되지 않을까 생각하게 한다.

생각건대, 신神이나 자연 같은 외재적 삶의 질서에 예속되어 있던 인간이 스스로 삶의 주체임을 선언한 것이 근대적 논리의 기초라면, 서정시는 확실히 근대의 '저편'을 응시하는 양식이 아닐 수 없다. 그래서 시인들은 현실을 대체할 수 있는 것이 더 나은 현실이 아니라, 꿈과 상상력으로 구성되는 '시적 현실'이라고 믿는다. 이미란 시인은 이러한 '시적 현실'을 줄곧 치열하고 섬세하게 탐색하고 추구하면서, '현실/꿈'의 접점에서 형성되는 긴장과 균형 속에서 자신의 미학과 윤리학을 완성해간다. 그녀는 서정시의 가장 중요한 원천이 결핍과 부재를 견디는 힘에서 가능한 것이고, 마땅히 있어야 할 것의 결핍이나 한때 분명히 실재했던 것들의 현저한 부재에 대한 가장 원형적인 반응이 기억의 원동력을 담아내는 것임을 잘 알고 있다. 이번 시집은 그러한 인식론적 기저基底에서 펼쳐진 심미적 화폭이라 할 수 있을 것이다.

5.
우리가 읽어온 것처럼, 이미란 시인의 이번 시집은 고요하고 정태적인 상태를 지향하지 않는다. 오히려 그녀 시편들은 내면 경험의 활력을 말의 그것으로 치환해내는 심미적 격정의 세계를 환기한다. 그리고 다양한 사물과 관념에 고유의 질감을 부여하는 창신創新의 안목과 그것을 언어의 구체적인 물질성으로 바꾸어내는 조형 능력을 동시에 보여준다. 그 점에서 우리는 그녀의 만만찮은 시적 능력을 통해, 사물과 인간의 상상력이 조우하여 빚어내는 구체적이고 역동적인 이미지로서의 창조물을 만나게 된다. 그 과정은 '당신'을 향한 기다림의 상처가, '마지막 편지'로 사라져가는 치열한 격정을 지나, '둥긂'을 상상하고 실현하는 섬세한 서정과 결속하는 과정이기도 하였다.

이제 이미란 시인은 "문제는 내가 가진 예민한 속도"(『모멸에 대하여』)라면서 "이 시대의 아름다운 시를 쓰기 위하여/ 더 많이 침묵하는 법을 배워야"(『모멸에 대하여』) 한다고 고백한다. 그렇게 넘쳐나는 '속도'를 근원적으로 반성하면서 '침묵'의 법을 배워가려는 그녀의 고백이, "너라는 불면에 취하고"(『구제불능의 노래』) "타이레놀 두 알이 성모 마리아"(『기형도를 읽는 밤』)였던 아팠던 실존을 훌쩍 넘어, 그녀로 하여금 아름다운 세번째 시집을 완성케 하는 근원적 힘이 되기를 희원해본다. 그리고 "내가 아는 한 모든 예술 행위는 찰나"(『두 남자』)라고 선언하는 그녀가 "어딘지 미심쩍고 겸손했던 슬픈 위장의 말들"(『무반주 소나타를 들으며 생각한다』)을 넘어, 새로운 언어로 또 다른 심미적 결절結節을 보여주기를 바라는 것이다.